双葉文庫

口入屋用心棒

九層倍の怨

鈴木英治

目次

九《く》層倍《そうばい》の怨《うらみ》　口入屋用心棒

第一章

一

我慢できずに起き上がった。

――ふう、暑いねえ。

布団《ふとん》の上にあぐらをかき、樺山富士太郎《かばやまふじたろう》は額《ひたい》の汗を指でぬぐった。

ああ、べったりとついちまったよ。こんなに汗をかいたら、智《とも》ちゃんに嫌われちまうよ。だいたい汗臭い男なんて、女の人に好かれるわけがないんだよ。

顔をしかめて、富士太郎は汗を寝巻で拭《ふ》いた。寝汗のせいでひどく湿った感じのするこの寝巻は、智代《ともよ》が洗濯してくれる。富士太郎には感謝しかない。むろん、洗い張りするほど上等なものではないから、洗濯で十分なのだ。

梅雨《つゆ》はまだ先だというのに、昨夜からひどくむしむしする。

あまり眠った気はしないが、かといって、これから寝直すつもりもない。夜明け前であるのは部屋が暗いことと、智代が起こしに来ないことでわかる。

もっとも、寝苦しかったのは八十吉《やそきち》殺しが未解決だからだ。しっかり眠るべきなのはわかっているが、のんびり横になっている場合ではない。

十日ばかり前、関口水道町《せきぐちすいどうちょう》の江戸川《えどがわ》で八十吉の死骸は見つかった。死骸は、舟を舫《もや》う杭《くい》に両腕を絡《から》めていたが、引き上げてみると、胸を刃物で刺され、手の指すべてを切り取られていた。

八十吉にそんな残虐な真似をして江戸川に放り込んだのは、高久屋《たかくや》岡右衛門《おかえもん》である、と富士太郎は確信している。

岡右衛門は伝通院前白壁町《でんづういんまえしらかべちょう》で錠前屋を営んでいるが、裏の顔は盗人《ぬすっと》の頭だとにらんでいる。

八十吉は二十年ほど前に信州《しんしゅう》から江戸に出てきて錺《かざり》職人の鯛造《たいぞう》という男に弟子入りしたが、そこでの仕事をすぐに辞めてしまった。手先が器用で、同郷の櫂吉《かいきち》という男に誘われるまま掏摸《すり》になった。

掏摸の仲間内でも、抜きん出た腕を誇っていたようだ。その腕をまわりからねたまれて半殺しの目にあったことで掏摸をやめ、八十吉はおるんという女のもとに転がり込んだりしていた。

　五年前、仏壇の飾りを直したことで先代の岡右衛門に腕前を認められ、八十吉は高久屋に錠前師として迎えられた。

　高久屋でもすぐさま頭角をあらわし、精巧な錠前をつくる者として重宝《ちょうほう》がられたらしいが、すでにその頃には忍びのような身のこなしを体得していたことから、実際には、盗人一味として錠前破りもこなしていたはずだ。

　先代の岡右衛門が生きているうちは、八十吉も威勢がよかったらしい。だがその先代が死んでからは、当代の岡右衛門とぶつかることが多くなったようだ。

　半年前、八十吉は高久屋を自らやめていったというが、実際には当代の岡右衛門に放逐《ほうちく》されたも同然だったのだろう。

　その八十吉が、今になって残虐な手立てで岡右衛門に殺された。これにはどんなわけがあったのか。

　八十吉は当代の岡右衛門の逆鱗《げきりん》に触れるなにかをしたのだろう、と富士太郎はにらんでいる。

　ただし、岡右衛門が八十吉殺しの下手人だという証拠はまったくなく、富士太郎は高久屋のあるじを捕らえるに至っていない。

――悔しいね。

岡右衛門の人を見下《みくだ》したような笑い顔が脳裏に浮かび、布団の上で富士太郎は歯嚙《はが》みした。あの男には、ついこのあいだ煮え湯を飲まされたばかりだ。

富士太郎は珠吉《たまきち》とともに八十吉殺しの探索に当たっていたが、その途上、東島屋《ひがしじまや》という小石川御簞笥町《こいしかわおたんすまち》の米問屋に新月の晩に盗みに入るという岡右衛門のつぶやきを、珠吉が聞いたのだ。

富士太郎は与力の荒俣土岐之助《あらまたときのすけ》にその旨を上申し、三十人近い捕手を東島屋の周辺に張りつかせた。万全を期して岡右衛門一味を待ち構えていたのである。

だがその夜、配下を二人連れた岡右衛門は満浪途《まろうど》という料理屋で飲み食いしただけで高久屋に引き上げ、待ち受けていた富士太郎たちは空振りを食らわされた。

あのときの悔しさと情けなさ、面目《めんぼく》なさは富士太郎の心中で薄れていない。

――この借りはきっちり返してやるよ、必ず思い知らせてやるからね。

富士太郎は、高久屋岡右衛門を捕らえる瞬間を、一刻も早く手にしたくてならない。

――やつを引っ捕らえるためには、こうしてはいられないよ。

行灯《あんどん》に火を入れ、えい、と気合を発して富士太郎は立ち上がった。ほんのりとした光に部屋は包まれている。闇に慣れた目には少しまぶしく感じられた。

手早く着替えをすませ、いつでも南町奉行所に出仕できる身なりをととのえた富士太郎は布団をたたんで押入《おしいれ》にしまい込んだ。

布団の上げ下げはいつも智代がしてくれているが、富士太郎としては、今日は自分でやってみたかった。なにかを変えなければ、と感じている。

こんなことでも、風向きが変わるのではあるまいか。岡右衛門を捕縛《ほばく》するための証拠を手にできるのではないだろうか。

藁《わら》にもすがるというのは、こんな心持ちをいうのかね。

畳に座り込んだ富士太郎が行灯の明かりを見つめながらそんなことを考えていると、廊下を渡る柔らかな足音が聞こえてきた。

——ああ、智ちゃんだ。

富士太郎の頬に笑みが浮かんだ。ということは、もう夜が明けたのだろう。さして眠っていないと思っていたが、意外に深い睡眠をとっていたようだ。

「富士太郎さん、おはようございます」

襖《ふすま》越しに丸みのある声がかかった。

「智ちゃん、おはよう」

間髪《かんはつ》を容《い》れずに富士太郎は答えた。

失礼しますという声とともに襖が静かに滑って、智代が顔をのぞかせた。廊下に正座しつつ、富士太郎をにこにこと見つめてくる。その愛らしい顔に、富士太郎の目は引きつけられた。

「富士太郎さん、もう起きていらっしゃったのですね」

智代の声は明るく弾んでいる。いつもと変わらないその声を聞いただけで、富士太郎の気持ちは浮き立ってくる。

「当たり前だよ。おいらは、智ちゃんが来るのをずっと待っていたんだからね」

「暑苦しくてあまり眠れなかったのではありませんか」

「ああ、暑かったねえ。まるで熱い湯に浸かっているみたいだったよ。今も暑いけどさ。智ちゃんはどうだった。よく眠れたかい」

「私も寝苦しかったんですけど、すぐに朝がきたからよく眠ったみたいです。

——あっ」

「どうかしたかい」

「布団、上げられたんですね」

「うん。ちょっと気分を変えたくてね」

心配の色を浮かべて、智代が膝で敷居《しきい》を越えた。顔を寄せて、富士太郎をじっと見る。

「富士太郎さん、お顔の色が少し優れないようですね」

えっ、と富士太郎は頰をなでさすった。また汗がべったりと手につき、眉根《まゆね》を寄せる。

なんでおいらは、こんなに汗っかきなんだろう、いやになっちまうよ。

息を一つついて富士太郎は智代を見た。

「顔色がよくないのは、いま扱っている事件がうまくいっていないからだろうねえ。まったく情けないったらありゃしないよ。おいらは力がないねえ。仕事をやめたくなっちまうよ。——あっ、智ちゃん、今のは聞かなかったことにしてくれるかい。おいらは愚痴をこぼすのが大嫌いだからね。愚痴をいっていいことなんか、この世に一つもありゃしないんだ」

ううん、というように智代が首を横に振る。

「私に愚痴をおっしゃるのは、全然かまわないですよ。女は、男の人の愚痴を聞くために生まれてきたようなものですから」

「ええっ」

初耳である。富士太郎は目をみはった。

「智ちゃん、本当に女の人は皆、そう思っているのかい。おいらは人の愚痴を聞くのなんか、まっぴらごめんだけどねえ。飯がまずくなるもの。もし智ちゃんのいう通り、女の人が皆そう思っているのだとしたら、ほんと、大したものだねえ」

「ですから、もし富士太郎さんが愚痴をいいたくなったら、遠慮せずにおっしゃってください。人に話せば、気が楽になりますから」

「ありがとう。智ちゃんに甘える日が、そのうちくるかもしれないよ。そのときはよろしく頼むね」

「待っています」

小さな笑みを浮かべて、智代がさらににじり寄ってきた。行灯の明かりに照らされて、頬が桃色に光っている。

その姿は神々《こうごう》しいほど美しく見えた。

「富士太郎さんなら大丈夫です」

唐突な感じで智代がいった。智代に見とれていた富士太郎は、なにをいわれたのか、一瞬わからなかった。

「あ、ああ、事件のことだね」

「富士太郎さんに解決できない事件など、ありません。富士太郎さんは、御番所一の腕利《うでき》き同心なんですから」

智代は懸命に富士太郎を元気づけようとしてくれている。その気持ちが富士太郎にはうれしくてならなかった。おいらは一人じゃないね、という気になる。

「智ちゃん、ありがとう。智ちゃんには、おいらが落ち込んでいるように見えたんだね。それも無理はないね。智ちゃんの気持ちに応えるために、おいらはもっとがんばるよ。必ず下手人をふん縛ってみせるからね」

いいきって、富士太郎は優しく両手を広げた。富士太郎の意図を解して、ゆっくりと智代がしなだれかかってくる。

胸に柔らかな温かみと重みを覚えて、富士太郎はこの上ない幸せを感じた。

顔をこちらに向け、智代がうっとりと富士太郎を見つめる。

「こうしていると、とても安心します」

智代が静かに目を閉じた。形のよい桃色の唇が花弁《かべん》のように揺れている。

ごくりと唾を飲み込んだ富士太郎は、そっと顔を近づけていった。

唇が触れた瞬間、智代が、あっ、とかすかな声を発した。

その声を聞いて、富士太郎はくらくらした。この女性を我が物にしたい、という欲求が突き上げてきた。手を帯のほうに動かしかけて、かろうじて自制した。

――今は、これ以上のことをしてはいけないよ。

それにしても、女の人というのは、こんなにもかわいいものなんだねえ。早くお嫁さんにしたいよ。そうだよ、一刻も早く祝言《しゅうげん》を挙げなくちゃいけないよ。

富士太郎は智代の唇を優しく吸い続けた。

「――富士太郎」

いきなり甲高《かんだか》い声が富士太郎の耳を打った。富士太郎は、ぎゅっと胃の腑《ふ》をつかまれたような心持ちになった。

あわてて智代が富士太郎から離れる。

「母上、申し訳ありませぬ」

かたく目をつぶり、富士太郎は廊下に向かって平伏《へいふく》した。

「――智代さん」

またも田津《たづ》の声がした。あれ、と富士太郎はこわごわと顔を上げた。廊下に田津の姿はない。

——ああ、なんだい、見られてはいなかったのか。

富士太郎の背中を安堵《あんど》の汗が流れていった。智代は鬢《びん》のほつれを直している。

「智代さん」

またも声がし、足音が近づいてきた。

「は、はい」

すぐさま立ち上がった智代が田津に返事をし、廊下に出た。

「ああ、やっぱりそちらでしたか」

田津の安心したような声が響いた。

「富士太郎を呼びに行ったきり戻ってこぬゆえ、智代さんになにかあったのではないかと思いましてね」

田津が富士太郎の部屋の前までやってきた。

「智代さん、富士太郎になにか不届きなことをされたのではありませんか」

「い、いえ、なにも」

立ったままうつむいた智代が、蟻《あり》のほうがもっと大きな声を出すのではないかという声で答えた。耳まで真っ赤になっている。

顔を転じて、田津が富士太郎をじろりと見る。その目の迫力に気圧《けお》されたように、富士太郎の口が勝手に開いた。

「は、母上、それがしが、ま、まさか、そのような真似をするわけが……」

正直、どうしてこれほどしどろもどろになってしまったのか、富士太郎は不思議でならない。智代の口を吸ったところを見られていないのだから、うろたえることはないのだ。

敷居際に立ち、田津が凛《りん》とした声を放つ。

「富士太郎、智代さんは人さまからお預かりしている大事な女性《にょしょう》です。もし万が一にも不届きなことをしたら、どうなるか、わかっていますね」

智代は、日本橋堀江町《ほりえちょう》二丁目にある呉服屋の一色屋《いっしきや》の長女である。一色屋は五十人以上の奉公人を抱える大店《おおだな》だ。智代はお嬢さまといってよい。

「もし智ちゃんに不埒《ふらち》な真似をしたら、母上、それがしはどうなるのです」

「勘当《かんどう》に決まっています」

「勘当――、さようですか。あの、母上、一つうかがってもよろしいですか。不届きな真似というのは、どういうことをいうのでしょう」

「ふしだらなことに決まっています。まだ一緒になる前の男女が、一線を越えてしまうことですね」

「一線というのは」

わずかに田津が困ったような顔になる。

「それはあれですよ。ええと、なんというべきでしょうかね。――ああ、赤子ができるような真似のことです」

富士太郎はほっとした。それならまだ大丈夫だ。

「一線を越えていないからといって、そこに至るまでのことをしてよいといっているわけではありませんよ。ところで富士太郎――」

話題を変えるように田津が呼びかけてきた。

「先ほど私に、申し訳ありませぬ、といったようですが、あれはなにに対して謝ったのですか」

――聞こえていたのか。母上は相変わらず地獄耳だなあ。

「富士太郎、今なにかいいましたか」

「いえ、なにも。――それがしが謝っていたのは、なにやら夢を見ていたからです。夢の中でそれがしがなにやらしでかしたようで、母上に謝ったのです」

なんとも下手《へた》ないいわけだなあ、と富士太郎は我ながらあきれた。もともと嘘をつくのは苦手なのだ。これまでの人生で、ほとんど嘘などついたことがないから、下手なのも当然である。

「相変わらず富士太郎は妙なことをいいますね。まあ、よろしいでしょう。これ以上、穿鑿《せんさく》しないことにします。なにより智代さんが、なにもされていないといっているのですからね」

助かった、と富士太郎は胸をなでおろした。

「富士太郎、もう朝餉《あさげ》ができています。いらっしゃいな」

一転、優しい声音《こわね》で田津がいざなう。

「承知いたしました」

すっくと立ち上がって行灯を吹き消すと、富士太郎は二人の女性のあとをついていった。

朝餉が用意されているのは台所の隣の部屋だ。食事の前に顔を洗い、歯を磨く。さっぱりして気持ちがいい。風がある分、外のほうが屋内より涼しく感じられた。

膳の上にのった朝餉の献立《こんだて》を見て、富士太郎は目をみはった。

「これはすごい……」

そんな富士太郎の驚きぶりを、田津と智代が楽しそうに見ている。

「母上、今日は祝い事でもありましたか」

なにしろ、鰺《あじ》の干物に納豆《なっとう》、生卵、豆腐《とうふ》の味噌汁、わかめの和《あ》え物《もの》、それにたくあんという豪勢としかいいようのない献立なのだ。

田津がにこりとする。

「富士太郎には、力をつけてもらわないといけませんからね。探索が難航しているのでしょう」

えっ、と富士太郎は目を大きく見開いた。

「ご存じでしたか」

どこか誇らしげな顔で田津が笑う。

「あなたは私の子ですよ。わからないはずがありませぬ」

やっぱりかなわないなあ、と富士太郎は思った。田津に愚痴をこぼしたり、情けないところを見せたりした覚えはないが、そのあたりは腹を痛めて産んだ子なのだろう、すべてお見通しなのだ。

「でも、いつかきっと私にも、あなたのことがわからなくなる日がやってくるのでしょう。そのときあなたはまわりの人たちから、富士太郎も一人前になったなあ、と認められるはずです」

「一人前ですか。母上、今のそれがしは半人前くらいでしょうか」

いいえ、と田津が大きくかぶりを振る。

「まだ半人前にもなっていません。亡き父上の四分《しぶ》が一《いち》、というところだと私は思っておりますよ」

「えっ、まだ四分が一ですか。それは手厳しい。一人前にはほど遠いですね」

「楽な道のりではありません。苦労して苦労してよじ登ってゆく梯子《はしご》のようなものです。富士太郎、楽を覚えようなどという気を起こしてはなりませんよ」

「承知しております。それがしは、楽をするのは大嫌いですから」

「それは重畳《ちょうじょう》。では、いただきましょうか」

両手を合わせて富士太郎は、いただきます、といった。

そんな母子のやりとりをほほえましそうに見ていた智代も、いただきますと目を閉じていってからそっと箸《はし》を取った。

食事を終え、改めて身なりをととのえた富士太郎は玄関で雪駄《せった》を履《は》いた。

「富士太郎、励んできなさい」

式台《しきだい》に正座した田津は真摯《しんし》な光を瞳に宿して、富士太郎を見つめている。

「はい、よくわかっております。では母上、行ってまいります」

　謹厳な顔で辞儀をした富士太郎は玄関を出て、開け放たれている門まで進んだ。足を止め、見送りについてきた智代に向かって破顔した。

「まじめな顔をしてたら、疲れちゃったよ。じゃあ智ちゃん、行ってくるね」

「行ってらっしゃいませ」

　柔らかな笑みを返して、智代が腰を折る。

「お気をつけて」

「うん、よくわかっているよ。智ちゃんを悲しませるような真似、おいらは決してしないからね」

　智代に深くうなずいてみせてから、富士太郎は歩き出した。先ほどの花弁のような唇を思い出し、ああ、また吸いたいねえ、と心から思った。だから一刻も早く祝言を挙げなきゃね。すべてはそれからなんだよ。祝言を挙げない限り、先に進めないんだからね。

　富士太郎が歩を進める道には、町奉行所に出仕する者の姿は、ちらほらとしか見えない。出仕にはまだ少し早い刻限なのだ。

　智ちゃんと一緒になるためには、と富士太郎は思った。せめて半人前にならないとね。だから、今日もがんばらないといけないよ。

ずんずんと歩を運びつつ、富士太郎は前を見据えた。そうだよ、今日は昨日以上に精出さなきゃいけないよ。

骨惜《ほねお》しみどころか、命惜しみをしてもいけないんだからね。そうだよ、いざ探索に入ったら、おいらは無理しないわけにはいかないんだ。もし、結果として智ちゃんを悲しませるようなことになったとしても、全力を振りしぼった上でのことなら、おいらに後悔はないよ。

もしおいらが命を惜しむような真似をしたら、そのことを一生、悔いて暮らすことになるだろうね。命を捨てなければいけない場面でためらったりしたら、そのときにはもう町奉行所の同心とはいえないね。

命を懸けて江戸の人たちを守るために、おいらたちは禄《ろく》をもらっているんだからね。禄というのは、奉公先に命を預ける代価なんだ。もし命を賭《と》せないのなら、とっとと致仕《ちし》しなきゃいけないんだよ。

よし、おいらの覚悟は、今日もがっしりと心に根を張っているね。

八丁《はっちょう》堀《ぼり》の組屋敷から西に十町ばかり歩き、鍛冶橋《かじばし》を渡って左に折れた富士太郎は、勤仕《きんし》している南町奉行所に着いた。

長屋門となっている大門《おおもん》内に設けられている同心詰所に足を踏み入れる。多くの文机《ふづくえ》が整然と置かれた詰所はがらんとして、まだ無人である。

用具入れから箒《ほうき》を取り出し、富士太郎はいつものように掃除をはじめた。同心部屋づきの小者がいるからこの手の仕事はまかせておけばよいのだが、いざ自分でやってみると、実に爽快な気持ちになるのだ。

こんなに心地よいことを他者にさせるのは、あまりにもったいない。今はほとんどやみつきである。

詰所の掃除を終えると、富士太郎は文机の前に座り、書類仕事をこなした。そうこうしているうちに、次々に先輩同心が出仕してきた。挨拶《あいさつ》をかわして、小者がわかした湯で茶をいれ、富士太郎は少しだけ雑談した。

それから詰所をあとにし、大門の下に出る。

「おはよう、珠吉」

大門のところで、いつものように珠吉が待っている。おはようございます、と珠吉が返してきた。

「珠吉、よく眠れたかい。昨晩は蒸し暑かっただろう」

珠吉にさりげなく目をやり、富士太郎は顔色を観察した。毎朝のことで、すっかり習《なら》い性《しょう》になっている。

「ええ、暑かったですねえ。ときたま、あんな晩がありますね。さすがに寝苦しかったですけど、なんということもありませんや」

強がりじゃないだろうね、と富士太郎は珠吉の顔をちらりと見た。なるほど、今朝も顔色は悪くないね。悪くないどころか、六十一だってのに、むしろつやつやしているねえ。おいらも珠吉の歳になったときに、こんな顔色をしていられるのかね、なにかこつがあるのかな。

しかしさ、こんな歳で、珠吉は捕物にも出なきゃいけないんだよ。もし珠吉に万が一のことがあったら、申し訳なくておいらは生きていられないよ。そんなことにならないうちに、一刻も早く後釜《あとがま》を捜さなきゃね。

珠吉の後継者について、富士太郎はこのところずっと考え続けている。一人、心当たりがないわけではない。

町奉行所の小者で、興吉《こうきち》という富士太郎と同い年の男がいるのだ。この男が気働《きばたら》きができ、頭の巡りもなかなかよさそうなのである。

使えるのではないか、と富士太郎は見込んでいるが、果たしてどうだろうか。

「それで旦那、今日はなにをしますかい。昨日の続きですかい」

朝日を横顔に浴びて、珠吉がきいてくる。

おや、と富士太郎は思った。やっぱり珠吉の顔に翳《かげ》が差していないかい。

「珠吉、疲れているんじゃないのかい。よく寝ているのかい」

「いや、ちょっとありやしてね。あまり寝ていないんですよ」

「ちょっとって、なにがあったんだい」

「それは秘密でやすよ」

「おいらに秘密を持とうっていうのかい。珠吉、いったいなにをしているんだい。寝ていないってことは、夜中になにかしているってことだろう」

「旦那、まあ、いいじゃありやせんか」

「まさか珠吉、女でもできたんじゃないだろうね」

「さあ、どうですかね」

「どうですかね、じゃないよ。珠吉にはおつなさんというれっきとした女房がいるじゃないか」

「なに、古女房ですぜ」

「だからって、ないがしろにしていいってことにはならないだろうよ。浮気なんかしちゃ、いけないんだよ」

「ええ、よくわかってやすよ。それよりも旦那、探索の話をしましょう」

「珠吉、話を逸《そ》らす気かい」

「だって、探索のほうが大事でやしょう。それとも旦那は、あっしの夜遊びのほうが大事だというんですかい」

「やっぱり夜遊びしているんだね」

「おっと、口を滑らせちまった」

「そりゃ、珠吉の夜遊びなんかより、探索のほうがずっと大事だよ。でも夜遊びって急に珠吉、どうしたんだい。気になるじゃないか」

「仕事が終わったら、なにをしようとあっしの勝手ですよ」

「ああ、その通りだよ。でも、夜遊びだなんて、全然、珠吉らしくないよ」

「夜遊びしていようとなかろうと、あっしはあっしですよ」

さすがに富士太郎はむっとした。

「ああ、わかったよ、じゃあ、仕事の話をしようかね」

ぶっきらぼうにいって、ふん、と富士太郎は勢いよく鼻息を噴き出した。

「――今日も昨日と同様、江戸川べりでの聞き込みをしようと思っているよ」

どこで八十吉が害されて、江戸川に放り込まれたのか、いまだに判明していないのである。指を切られ、胸を刺された場所を探し出すことができれば、岡右衛門につながる証拠をつかめるのではないか、と富士太郎は考えているのである。

殺しの場というやつはな、とすでに現役を退《しりぞ》いた先輩同心から富士太郎は聞いたことがある。証拠の宝庫なんだ。だから、目を皿のようにして、とことん調べ上げなきゃいけねえんだよ。

富士太郎はその言葉を肝《きも》に銘《めい》じている。だが、とことん調べようにも、殺害場所がわからないのだ。だから、まず八十吉殺しの場を見つけ出すことに、全力を傾けているのである。

昨日は、湯瀬《ゆせ》直之進《なおのしん》が新妻のおきくと暮らす長屋や、あるじの光右衛門《みつえもん》を失ったばかりの口入屋米田屋《よねだや》のある小日向《こひなた》東古川町《ひがしふるかわちょう》、その隣町の小日向西古川町、関口水道町など江戸川の右岸の町をくまなく聞き込んだ。

両手の指をすべて切り落とすという残虐な殺し方によって読売に取り上げられたことで、多くの町人が八十吉殺しの一件を知っていた。

だが、悲鳴を聞いたり、怪しい人影を見たり、人が江戸川に放り込まれるところを見たりした者は、いまだに見つからない。

この日も富士太郎と珠吉は、江戸川に架かる石切橋《いしきりばし》から西側に延びる小日向水道町にまず入り、聞き込みをはじめた。

大袈裟《おおげさ》でなく会う者すべてに話を聞き、家や店《たな》もくまなく訪ねて回った。

だが、手がかりとなりそうな言《げん》を得ることはできなかった。

――なにもつかめないと、さすがに疲れが倍になるね。

拳で腰を叩いた富士太郎がそんなことを考えたとき、間近から鐘の音が聞こえてきた。耳にじかに響いてくるような大きな音である。

「あれは四つの鐘だね」

「ええ、この近くの新長谷寺《しんはせでら》で鳴らされているものですよ」

関口駒井町《こまいちょう》の境に建っている新長谷寺にも、時の鐘が置かれているのである。

耳を澄ませて、富士太郎は新長谷寺のほうへと顔を向けた。

三つの捨《す》て鐘《がね》のあと、四回鳴らされて鐘の音は消えるはずだった。

「あれ、いま五つ目の鐘が鳴ったよ、珠吉。撞《つ》き手《て》がまちがえたのかな」

「そんなこと、あるんですかねえ。あっ、旦那、また鳴りましたよ」

結局、鐘は九回、撞かれて終わった。

「四つではなく、正午の鐘でしたね」

聞き終えた今でも信じられず、富士太郎は呆然《ぼうぜん》とするしかない。

「嘘みたいだよ、珠吉」

「まったくですよ。あっという間に午前が終わっちまいましたね。しかもあんなに近い四つの鐘が、あっしらは聞こえなかったんですからね。それだけ気を詰めて、聞き込んでいたってことになるんでしょうが」

「まさに時を忘れて、というやつだね」

ふう、と富士太郎はため息をついた。

「珠吉、お腹が空《す》かないかい」

「もう昼だってわかった途端、急に減ってきましたよ」

「おいらはずっと空腹だったんだけどさ、まだ四つ前だからって、懸命に我慢していたんだよ。これで昼飯にありつけるね」

「旦那、なににしますかい」

「珠吉はなにがいい」

さいですねえ、と珠吉がいった。

「あっしの好みだと、旦那、ほとんど決まっちまいますよ」

「蕎麦《そば》切りかい」

「さいです。あっしは蕎麦切りには目がないものですからねえ。でも、旦那は蕎麦切りじゃあ、物足りないんじゃありませんかい」

「そんなことはないよ。おいらも蕎麦切りは大好物だからね。だったら珠吉、蕎麦切りでいいかい」

「旦那がかまわねえんなら、あっしは大歓迎ですよ」

「じゃあ、決まりだね。このあたりなら、久鈴庵《きゅうりんあん》しかないかな」

久鈴庵は桜木町《さくらぎちょう》にある。桜木町は音羽町《おとわちょう》九丁目と隣接している小さな町だ。

以前、久鈴庵のあるじに、富士太郎は店の名の由来《ゆらい》をたずねたことがある。だが、あるじは柔和《にゅうわ》に頬をゆるめて、それは秘密なんですよ、といっただけだった。なにかわけありなのかな、と富士太郎は首をひねったりしたのだが、それがいま唐突に解けた。

「——ああ、なんだ、そういうことだったのかい」

久鈴庵に向かって歩を進めながら、富士太郎は声を上げた。

「別に秘密にすることでもないねえ。答えるのが照れくさかったのかな」

「旦那、いきなりどうしたんですかい。事件のことでなにか気づいたことでもあるんですかい」

珠吉が顔をのぞき込んできた。

「ああ、事件のことじゃないんだよ。久鈴庵という名についてわかったのさ」

「わかったというと」

「名の由来さ。久鈴庵という名をあるじがつけたのは、桜木町が音羽町九丁目と隣り合わせになっているからだったんだよ」

いきなり富士太郎が力んだようにいい出すので面食らったらしい珠吉が、えっ、といって考え込む。

「——ああ、なるほど。久は九で、鈴は隣というわけですかい。久鈴庵は九丁目の隣にあるという意味だったんですね」

「江戸っ子の好きな駄洒落《だじゃれ》だね」

「ほんと、そういうのが飯より好きですものねえ」

久鈴庵の黒い建物が見えてきた。二階建てで、かなり大きな店だ。大勢の客が入れるから、混んでいても座れないことはまずない。

鮮やかさがひときわ目を引く紺色の暖簾《のれん》を払おうとしたとき、中からのそりと出てきた年寄りがいた。富士太郎はすぐに後ろに下がり、道を空《あ》けた。

頭をつるつるに剃《そ》り上げた年寄りが富士太郎を見て、おっ、といった。

「これは樺山さま、失礼しました」

店の外に出た年寄りがしわ深い顔でにこりと笑った。胆義《たんぎ》という医者である。着込んでいる十徳《じっとく》が体の一部と化したように似合っている。

「先生もお蕎麦でしたか」

笑いかけ、富士太郎は挨拶した。珠吉も頭を下げている。

「ちと小腹が空いたもので、混む前にと思って蕎麦をいただきにまいりました。こんな薬臭い十徳のにおい、皆さん、嗅《か》ぎたくないだろうと思いましてな。ちょうど患者も途切れたところでした。樺山さま、相変わらずとてもおいしかったですよ。――ああ、じき予約の患者がまいりますでな。では樺山さま、珠吉さん、ごゆっくりどうぞ」

「ありがとうございます。先生、またよろしくお願いします」

「ええ、わかっておりますよ。いつでもおいでください」

一礼した胆義がゆっくりと去ってゆく。

胆義は、本道《ほんどう》よりも外科を得手《えて》としている。捕物などで怪我を負った町奉行所の者も、これまで数え切れないほど世話になっている。腕がよい上に、自分の手に負えない場合は他の医者や鍼灸《しんきゅう》師、按摩《あんま》などをすぐさま紹介してくれるから、患者たちの信頼も厚い。

富士太郎は胆義に怪我を診てもらったりしたことはまだ一度もないが、評判の名医といってよい。診療所の遙観堂《ようかんどう》は、久鈴庵と目と鼻の先にある。遙観堂というのも、と富士太郎は思った。なにか意味があるのだろうか。胆義先生の無二の好物が羊羹《ようかん》なのかもしれないね。

改めて久鈴庵の暖簾をくぐった富士太郎たちは、二階にどうぞ、と小女に明るくいわれ、狭くて急な階段を上がった。

一階は客で一杯だったが、二階はまだかなりの余裕があった。

「しかし、相変わらずすごい繁盛《はんじょう》ぶりだね」

二十畳ほどもある座敷の隅に座を占めて、富士太郎は感心するしかない。蕎麦好きの富士太郎と珠吉は、縄張《なわばり》内の蕎麦屋はあらかた食している。おそらく二百軒では利《き》かない蕎麦屋があるはずである。その中で、富士太郎と珠吉の舌を満足させたのは、十軒にも満たなかった。

とんとんと足音軽く二階に上がってきた小女に、富士太郎はざる蕎麦を二枚注文した。珠吉はかけ蕎麦を頼んだ。

「珠吉、それだけで足りるかい」

気になって富士太郎はきいた。

「あっしには十分ですよ」

「そうかい。もし足りなかったら、遠慮なく頼めばいいからね」

「よくわかっておりやすよ」

しばらくして運ばれてきたざる蕎麦は、腰があってほのかな甘みが感じられる逸品《いっぴん》だった。蕎麦のかぐわしい香りが立ちのぼってくる。

それに加え、ここの蕎麦つゆはあまり濃くないのだ。ちょんちょんと蕎麦切りに少しだけつゆをつけるのが粋《いき》だというが、富士太郎にはあの手のつゆは濃すぎて、少々辛《から》すぎるのだ。

富士太郎としては、蕎麦切りにたっぷりとつゆを絡ませて食したいのである。久鈴庵はその望みを叶えてくれる店なのだ。

熱い蕎麦をふうふういいながら、珠吉は手繰《たぐ》っている。蕎麦切りをずるずるとのみ込んでしまうような真似はせず、しっかりと咀嚼《そしゃく》してからのみ込んでいる。

それでいいんだよね、と富士太郎は思った。蕎麦は噛まずにのみ込むものといわれるが、噛まないのは、やはり体によくないだろう。幼い頃より田津から、食事はよく噛むのですよ、それがどんな薬を飲むよりも体にいいことなのですから、と富士太郎はいわれてきた。

まさに正鵠を射ていると思っている。早食いしていいことなど、なに一つないはずなのだ。よく嚙むことこそが、体をいたわることにつながるのである。

　かけ蕎麦を食べ終えた珠吉に富士太郎は声をかけた。

「珠吉、足りたかい」

「もちろんですよ」

　珠吉は満足げな笑みを見せている。

「珠吉、もしやおいらに遠慮したんじゃないだろうね」

「旦那にいつも昼飯を奢《おご》ってもらうからですかい。いえ、遠慮なんかしちゃいませんよ。本当に今のあっしは、このくらいで十分なんですから」

「それならいいんだけどね。珠吉、調子が悪いなんてこと、本当にないんだね」

「ありませんよ。あっしはいつもと同じで、元気ですぜ」

　半日のあいだ聞き込みを続けたが、珠吉の顔色は悪くないのだ。六十一ともなれば、と富士太郎は思った。人というのはこのくらいしか食べられなくなるのかねえ。少し寂しいねえ。その歳になっても、おいらはもっとたくさん食べていたいねえ。でも体がほしくないのなら、このくらいでいいのかなあ。食べ過ぎは体に悪いというしねえ。

階下に降り、富士太郎は小女に代金を支払った。そこからだと、厨房《ちゅうぼう》が見え、中であるじが立ち働いていた。

謎が解けたよ、と富士太郎は声をかけたかったが、まだ大勢の客が店内にあり、あるじや奉公人たちは一所懸命に腕を振るっている。声をかけられるような雰囲気ではない。ごちそうさまといって、富士太郎と珠吉は久鈴庵を出た。

外に出ると、涼しさを感じた。

「ああ、ずいぶん過ごしやすくなったねえ。蒸し暑さが一掃《いっそう》されたみたいだよ」

「本当ですねえ、ありがたいですよ」

太陽は頭上で燦々《さんさん》と輝いているが、さして強い陽射しを送ってきているわけではない。穏やかでさわやかな風が吹き、わずかに砂埃《すなぼこり》を巻き上げてゆくが、大気は澄み、道行く人たちの足は弾んでいる。

岡右衛門は捕縛できていないといっても、今日も江戸は平穏だね。

「さて、珠吉、がんばるとしようかね」

自らに気合を入れて、富士太郎は勇ましく腕まくりをした。

「ええ、そうしやしょう。しかし旦那、いつの間にやら、腕がぶっとくなりやしたねえ。湯瀬さまに嫌われたくなくて、腕が太くなるのをいやがっていたのが、嘘のようですねえ」

「珠吉、昔のことはいいっこなしだよ」

「さいでしたね、すみやせん」

ぺこりと頭を下げた珠吉が、あっ、と声を出した。

「どうかしたかい」

珠吉の目が向いているほうへと、富士太郎は顔をやった。あっ、と珠吉と同じ声が口から漏れる。

「倉田佐之助《くらたさのすけ》……」

とうに佐之助はこちらに気づいていたようだ。ゆっくりと近寄ってきた。着流し姿で、一本差。浪人そのものの身なりである。

「久しぶりだな」

相変わらず低い声で、佐之助が富士太郎と珠吉にいう。百目《ひゃくめ》ろうそくが入るくらいの包みを紐でぶら下げている。

「本当だね。いつ以来かな」

佐之助をじっと見て富士太郎はうなずいた。

「最後に会ったのがいつか、俺も覚えておらぬ。樺山、おぬし、俺に会いたくなかったか」

微笑を唇の端に浮かべて佐之助がきく。

「そんなことはないよ。おまえさんにききたいこともあるしね」

興味の色が佐之助の顔に宿った。

「ほう、ききたいことというと」

「千勢《ちせ》さんとお咲希《さき》ちゃんさ。二人は元気にしているのかい」

「樺山、二人のことを気にかけてくれていたのか」

「そりゃそうだよ。二人ともおいらの大事な知り合いだからね」

「そうか。そいつはうれしいな。うむ、二人とも元気にしている」

迷いのない口調で佐之助が告げた。これだけはっきりいうくらいだから、二人とも本当に元気にしているのだろう。

「それは重畳。――おまえさんの体の具合のほうはどうだい」

「俺のことも気にしてくれるのか」

意外な言葉を耳にしたかのように佐之助が目を丸くする。

「そりゃそうさ。おまえさんは直之進さんの大事な友垣《ともがき》だ」

「今は、俺と湯瀬は友垣といえよう。だが確かにおぬしと俺とは、まだ友垣とはいえぬな。――体のほうはおかげさまで、すっかりいい」

　今度は、富士太郎が大きく目を見開く番だった。

「おかげさまで、か。まさかおまえさんの口からそんな言葉を聞くとは思わなかったよ」

「昔からこのくらい、いっていたさ」

「そうかな。覚えがないよ」

「それはそうだろう。おぬしは俺を殺し屋としてずっと追いかけていたのだから」

　炯々《けいけい》と光る目で、佐之助が富士太郎を見る。相変わらず瞬《まばた》きのない目をしている。昔は蛇を見るようだった。今はそこまで怖《お》じ気《け》を震ったりはしない。

「俺なんかより、おぬしはどうなのだ。あまり顔色が優れぬように見えるが」

　佐之助の瞬きのない眼差しにさらされると、富士太郎は心のうちがすべて見透かされているような気分になる。

　なにも答えられずにいると、佐之助が小さく笑みを漏らした。

「樺山、珠吉。おぬしら、探索があまり進んでおらぬのではないか」

　見抜かれて、富士太郎はむっとした。

「図星《ずぼし》か」

「大きなお世話だよ」

「怒ったか」

「こんなことくらいで怒るわけがないよ。おいらは滅多に怒らない温厚な男といわれているんだから」

「だが、存外に短気よな」

それは自分でも感じている。

――おいらは、実は気短《きみじか》なんだよね。もの柔らかそうに見えるのも、きっと本当のおいらだろうけど、気が短いのも本物のおいらなのさ。

「短気なのは仕方ないよ。江戸生まれの江戸育ちだからね」

「なんだ、自分でもわかっていたか」

「そりゃわかっているさ」

少し声が高くなった。佐之助と対していると、富士太郎はいつも落ち着かない気分を味わう。

それも仕方ないだろうね。長いことこの男を、直之進さんを狙う殺し屋として追ってきたんだから。

いくら倉田佐之助という男が将軍の命を救い、将軍自らこれまでの罪をないものとするように命じたとはいえ、佐之助が犯罪者であるとの思いは、富士太郎の中からいまだに抜けきらない。気短なほうの自分は、この男を引っ捕らえて牢屋敷に送り込みたくてならないのだ。

もちろん富士太郎に将軍の命に逆らう気はないし、千勢やお咲希を悲しませるような真似もしたくない。

佐之助と対すると、二人の自分がせめぎ合うせいで、いつも気分が落ち着かなくなるのであろう。

「最近、湯瀬に会っているか」

不意に佐之助がきいてきた。

「もちろんさ。みんな、元気にしているよ。おいらたちは今日も行ってみようと思っているよ」

「それは長屋へか、それとも米田屋か」

「米田屋になるだろうね。おきくちゃんのそばに直之進さんあり、というところだね」

「嫁に行ったのにおきくは米田屋にいるのか」

「どうもそうみたいだね。嫁入り前と同じであそこで働いているんだよ」

「それで湯瀬は米田屋に入り浸《びた》りか。あの男、やはりおきくにぞっこんなのだな。もう骨抜きにされたか」

「直之進さんは優しいだけだよ。おまえさんはどうなんだい。千勢さんにぞっこんじゃないのかい」

「俺か。まあ、俺も湯瀬と似たようなものだ」

恥ずかしげもなく佐之助がいったことに、富士太郎は衝撃を受けた。

――この男、本当に変わったんだね。千勢さんとお咲希ちゃんの二人に囲まれて、心から幸せを感じているにちがいないよ。女性の力は本当に偉大だね。狷介《けんかい》そのものだったこの男を、ここまで変えてしまうんだから。

樺山、と佐之助が呼びかけてきた。

「米田屋に行くなら湯瀬と平川《ひらかわ》、いや、平川のほうはもう米田屋だったな。二人によろしく伝えてくれ。では、これでな」

手を上げ、佐之助が富士太郎と珠吉にあっさりと別れを告げた。

「どこに行くんだい」

「ちょっとこの先に用がある」

富士太郎たちの横を通り過ぎ、佐之助が足早に歩いてゆく。富士太郎は首を曲げて佐之助の姿を見た。さすがに早足で、もう五間ばかりも離れていた。

「倉田佐之助とこんなに話をしたのは、おいら、初めてかもしれないよ」

声を少し落として富士太郎はいった。

「ああ、さいですねえ」

うなずいた珠吉が、佐之助の去ったほうを見ている。富士太郎も見やった。

だが、もうそのときには、佐之助の姿はどこにもなかった。代わりにそこにいたのは、あまり人相《にんそう》がいいとはいえない五人の若侍である。富士太郎と目が合うと、そそくさと姿を消した。

なんだい、あいつら。不逞《ふてい》の部屋《へや》住《ずみ》連中かな。悪さをしなきゃいいけど。

「どうかしましたかい、旦那」

「ああ、倉田があっという間に姿を消したから、面食らったんだよ」

「相変わらず変幻極まりないでやすね。でも旦那、あの男、どこか生気《せいき》に欠けていやせんでしたかい」

眉根に太いしわをつくって珠吉がいう。

「そういわれてみると、少し元気がなかったかね。声にも張りが感じられなかったような……。まだ体の具合が悪いのかな」

「考えてみれば、あの男が斬られたときの傷はあまりに深くて、もはや助からないといわれたくらいでしたからね」

少し語調を落として珠吉が続ける。

「倉田佐之助だから生きていられた、と湯瀬さまもおっしゃっていましたよ。そこいらの者なら、とっくにくたばっていたような傷ですからね、さすがにまだ本《ほん》復《ぷく》というわけにはいかないのかもしれませんね」

「だったら――」

十間ほど先に口を開けている路地に、富士太郎は目を向けた。

「倉田佐之助はお医者にかかろうとしているのかもしれないね」

大きくうなずいて珠吉が同意を示す。

「あの路地の先には、遙観堂がありますからね。倉田佐之助は名医と評判の胆義先生のところに行ったんでしょう」

「だとしたら、よほど悪いってことにならないかい」

「さいですね」

うなるようにいって、珠吉が沈鬱《ちんうつ》そうな顔になった。

「予約の客があるって胆義先生はおっしゃっていましたけど、倉田佐之助だったのかもしれないですね」

千勢さんやお咲希ちゃんはこのことを知っているのかな、と富士太郎は案じた。少なくとも千勢さんは知っているかもしれないね。倉田佐之助のあの様子だと、千勢さんに隠し事はしていないんじゃないのかなあ。

しかし、いま自分たちが佐之助にできることはない。佐之助のことは胆義に任せておくしかないのだ。

「よし、珠吉、行くよ」

富士太郎は忠実な中間《ちゅうげん》をうながした。

「おいらたちは、おいらたちの仕事をするしかないからね」

「旦那のいう通りでやすよ。探索に全力を尽くしやしょう」

大きく顎《あご》を引いて歩きはじめた富士太郎の後ろに、珠吉がそっとついた。

二人の影が一緒になっていることに富士太郎は気づいた。そのことがずいぶんと心強く感じられた。

二

富士太郎たちと別れた佐之助は路地に入り込み、足早に歩いた。五間ばかり進んだところで足を止め、右手の建物に目を向けた。

――ふむ、ここか。

一軒家で、さして大きな建物ではない。路地に面して戸口が設けられ、外科とだけ記された素《そ》っ気《け》ない看板が建物の横に張り出している。

戸口の上のところに、遙観堂と墨書《ぼくしょ》された小さな扁額《へんがく》が掲《かか》げられていた。

「ごめん」

左手で戸を横に動かし、佐之助は一畳ほどの広さの土間に入った。上がり框《かまち》の先は、掃除の行き届いた六畳間になっていた。待合部屋だろう。中は甘ったるい薬臭さで、むせ返りそうだ。

待合部屋は、混むときは大勢の人で一杯になるのではあるまいか。

隣の間で人の気配が動き、襖がからりと開いた。頭をつるつるにした年寄りが顔をのぞかせる。体になじんだ様子の十徳を着込んでいた。

「倉田さまかな」穏やかな口調できく。

この年寄りが胆義だろう。太くて白い眉が垂れ下がるさまは、まるで山羊《やぎ》のひげのようだ。どんぐりのような形の黒い瞳は聡明《そうめい》そうに輝き、病のことなら、なんでも見抜けそうだ。この医者にきかれたら、患者は悩みを洗いざらい打ち明けるのではあるまいか。そんな雰囲気を色濃く身にたたえている。

名医という評判は偽《いつわ》りではないようだ、と佐之助は思った。

「うむ、倉田佐之助だ」

名を聞いて胆義がにこりとする。

「お待ちしておりました。お上がりくだされ」

雪駄を脱いだ佐之助は一礼し、六畳間に足を踏み入れた。

「こちらにどうぞ」

「刀は預けぬでもよいのか」

刀は待合部屋の刀架《とうか》に置いたり、助手に預けたりするものだが、この診療所には刀架もなければ、助手もいない様子だ。

「そのままでどうぞ」

「さようか」

敷居を越え、佐之助は診療部屋に入った。

「刀はそちらに」

右側に刀架があり、腰から刀を鞘《さや》ごと引き抜いた佐之助はそこに置いた。

「こちらにお座りください」

着物の裾《すそ》をそろえ、佐之助は胆義の前に正座した。

「ご内儀が今日のご予約を入れられたが、倉田さまは、あまりいらしたくはなかったのではないのかな。お顔にそのような色があらわれている」

にこにこと笑いながら胆義がいった。

「正直にいえばその通りだ。もし腕が利かなくなったらどうします、と妻はいうが、きっと時が解決してくれよう。さほど大した痛みでもないしな」

「大した痛みではないかもしれないが、大したことかもしれない」

やんわりとした口調でいったが、胆義の目は真剣である。

「大事につながるかもしれぬのか」

「それはまず診《み》てからですな」

道理だ、と佐之助は思った。

「ところで、先生はなにゆえ我が妻を知っている」

なんとなく気にかかっていたことを、佐之助はたずねた。

「おや、千勢さんからお聞きになられなんだか。岳覧和尚《がくらんおしょう》の紹介ですよ。典楽寺《てんがくじ》はうちの菩提寺《ぼだいじ》ゆえ」

「岳覧さんか。なるほどな」

岳覧は典楽寺の住職である。女手のない寺で、千勢は賄《まかな》いや掃除、風呂焚《ふろた》きなど家事の手伝いに行っているのだ。

千勢自身、岳覧の人柄に惹《ひ》かれているらしく、典楽寺では楽しく働いているようだ。いいところが見つかったものだ、と佐之助もうれしく思っている。

「ああ、そうだ。手土産《てみやげ》だ」

手にしていた包みを、佐之助は胆義に手渡した。

「そのようなことはせずともよいのに。——おっ、これは、ひょっとして」

包みを受け取った胆義が目を輝かせた。

「先生の好物の羊羹を持ってきた。正直にいえば、妻に持たされたのだが」

「羊羹が大の好物だとよくご存じだな。——おう、これは通樹堂《つうじゅどう》ではないか。高かったのではないかな」

「高いが、やはりうまいからな。――この診療所を遥観堂と名づけたのは、羊羹からきているそうではないか」

「ほう、それもご存じか」

「妻から教えてもらった」

「千勢さんがご存じなのは、きっと岳覧和尚から聞かれたのだろう。この診療所の名の由来など、よほど親しくしている人でないと、知らんからな」

笑顔を消して顔を引き締め、胆義が厳しい眼差しを佐之助に注ぐ。

「では倉田さま、診せてもらえるかな。千勢さんのお話では、右手が利かなくなることがあるとのことだが。――右手を見せてもらう前に、一つうかがっておこう。倉田さまは大きな怪我をされたと聞いたが、まちがいないかな」

「確かにひどい怪我を負った」

今でも思い出すと、悔しさが募《つの》ってくる。やられたことに対してではなく、おのれの未熟さにだ。相手は尾張徳川家で指南役を務めたこともある隻眼《せきがん》の剣客員弁兜太《いなべとうた》だった。

「その傷をまず見せていただきたい。諸肌脱《もろはだぬ》ぎになっていただけるか」

「承知した」

着物を肩から脱ぎ、佐之助は傷が見えるようにした。

「ほう、これか。……すごいな」

肩口から胸にかけて伸びている傷に顔を近づけて、胆義がまじまじと見る。

佐之助自身、これだけの傷を負ってよく生きていたなと思う。上段から振り下ろされた刀をもろに受けてしまったのだ。

ろくに覚えていないのだが、よけられそうもない斬撃をかわすためにぎりぎりで体をひねったらしい。それがなかったら、刀はまともに体に入り、命はなかったようなのだ。こんなところで死ぬわけにはいかぬ、という執念が、体を思い切りねじらせたにちがいあるまい。

それでも、七寸ほどの長さの深い傷を負った。手当をした医者も、傷を縫《ぬ》いながら、いつ佐之助が事切れるか、気が気でなかったようだ。

「よし、もう着物を着てもよろしい」

軽く息をつき、佐之助は着物を着込んだ。

「では、右手を見せてもらえますかな」

うむ、と佐之助は伸ばした。

硬いか、柔らかいか、胆義は指先に伝わる佐之助の腕の感触を頭に叩き込まんとしているようだ。目を閉じ、佐之助の腕をぎゅっぎゅっと握るようにして触っている。

「今もそうだが、右手が重く感じられてならぬ。そして、ときおり動かぬときがある」

「そのときはまったく動かないのかな」

目を閉じたまま胆義がきく。

「いや、力を入れれば動くことは動く。しかし、自分の手とは思えないほど、ぎごちない動きになってしまう」

「重く感じるというのは、上から押さえつけられているような感じかな」

「いや、押さえつけられている感じはない。右手を動かすときに漬物石でもついているかのような重さを覚える。ふだんはそれほどではないのだが」

「右手が利かないのは、どのようなときかな」

「これといって決まっておらぬ。たとえば、剣術の稽古をするために庭に出たとき、不意に右手が利かなくなり、刀を上段に上げられぬことがある」

ふと胆義が目を開けた。

「そんな時、倉田さまはどうされるのかな。刀を左手に持ち替えられるのかな」

おや、と思って佐之助は胆義を見直した。

「なにゆえそのようなことをきく。診療とは関係ない気がするが」

佐之助の腕を握ったまま胆義が苦笑する。

「実は、いま剣術を習っておるのだよ。倉田さまはかなりの遣い手であろう。これほどの遣い手にお目にかかれる機会はなかなかないゆえ、是非とも聞いておきたいと思ってな」

「先生はいくつだ」

「歳かな。六十六よ」

「その歳で剣術を習いはじめたのか」

「いくらなんでも遅すぎるかな」

「物を習うのに遅すぎるということはなかろう。だが、体のほうはどうだ。稽古についていけるのか」

「さすがに若い者のようにはいかん。しかし、なんとか食らいついていっている。剣術というものは実に愉快なものよ。相手の面に竹刀《しない》を叩き込んだときの快感は、何物にも代えがたい」

かかか、と胆義が快活《かいかつ》に笑う。心底、剣術を楽しんでいるのがわかる笑顔だ。

その笑いを見て、存外に剣術の筋がよいのかもしれぬ、と佐之助は思った。この医者はいい歳の取り方をしているのではあるまいか。

「右手が利かぬとき、どうするかということだったな。右手はあきらめ、左手一本で上げることになろう」

「左手で上げた刀を、左手一本で振り下ろすのかな」

「そういうことだ。上げたものを振り下ろさぬでは稽古にならぬゆえ。左手を鍛えるいい機会と思うておる」

「左手に大刀、右手に脇差《わきざし》を持てれば、二天一流《にてんいちりゅう》だな。いわゆる二刀流か」

「先生、それは誤りだ」

胆義はまだ佐之助の腕に触れ続けている。

「持ち方がちがうというのかな。右手に大刀、左手に脇差だったかな」

「持ち方はいま先生がいった通りだ。だが、二天一流は二刀流ではない」

「ええっ」

目の前の男はいったいなにをいっているのか。二天一流といえば、二刀流にきまっているではないか。意外との思いを、胆義は面一杯にあらわしている。

「倉田さま、二天一流は二刀を構えるのではないかな」

「確かに二刀を構える」

逆らうことなく佐之助は答えた。

「そのために二刀流に見えるかもしれぬが、創始者である宮本武蔵が目指したのは、右手なら右手のみで大刀を振ることができ、もし右手をやられたら左手で右手と同じような戦い方ができるようにするというものだ。左手の脇差で敵の刀を受け止め、右手の大刀で敵を斬るという型は、二天一流にはないはずだ。もちろん、刀を振る以上、右手が主ではあるが、右手でできることは左手でも同じようにできるようにしておかねばならぬ、という教えだな」

「二天一流の教えはそのようなものだったか。初めて聞きましたぞ」

「二天一流に関しては、勘ちがいしている者がほとんどだろう」

「さようか。明日の朝、道場に行ったら、さっそく皆にその話をしてみましょう」

「まあ、あまり自慢めいた話にならぬようにすることだ」

「とんでもない。思い切り自慢してやるに決まっておりましょう」

わはは、と破顔した胆義が笑いをおさめ、まじめな表情になる。いったん佐之助の腕を放した。

「倉田さま、今から指先から肩に向かって右腕を押していくぞ。つぼというやつをすべて押さえてゆく」

「承知した」

目に光をたたえて胆義が押しはじめた。

人には経絡《けいらく》というものがあると佐之助は聞いたことがある。どうやら胆義はそれに沿って、つぼを一つずつ押さえていっているようだ。按摩師がつとまるのではないか、と思えるほどの心地よさが伝わってきて、佐之助は陶然《とうぜん》としかけた。

と思ったら、ずきり、と脳天に響くような痛みがやってきた。かろうじて無表情を保ったが、跳び上がらんばかりの痛みだ。

「おっ、いま痛かったかな」

どこか楽しげに胆義がいった。

「いや、そのようなことはない」

「倉田さま、痛いところがあったら、遠慮なくいうようにな」

「わかった」

胆義が再びつぼを押しはじめた。

しばらくしてまたも、ずきり、と痛みがあった。だが、佐之助はこらえ、顔に出しはしなかった。

やがて右腕のすべてのつぼを押し終えたようで、胆義は静かに手を放した。

「さて、痛いところはなかったかな」

「二ヶ所あった」

「倉田さま、なぜ痛いとおっしゃらなかった」

「幼い頃から痛みというものは我慢するように、しつけられてきたからだ」

それを聞いて胆義がおかしそうに頬をゆるめたが、すぐに軽く首を振った。

「わしは医者ですぞ。わしに対して我慢などすることはない。症状を見るために経絡に沿ってつぼを押していたのですからな。痛みは強いものでしたかな」

「うむ、かなりのものだった」

顔をしかめて佐之助は答えた。

「二ヶ所といったが、どこが痛かったですかな」

「手首の内側と、肘《ひじ》と手首のちょうど真ん中あたりだ。こちらも腕の内側だった。最初のほうが痛みは強かったかな」

うんうんと胆義が顎を上下させる。

「なるほど。どうやら、肺がちと痛めつけられているようだな」

「俺は肺が悪いのか」

目をみはって佐之助はきいた。

「そのようだ。痛みがひどい二つのつぼは肺の経絡に沿ったものだ。刀で斬られ、肺の働きが悪くなっているのであろう。倉田さま、咳《せ》き込むことはないかな」

「ないどころか、いつも咳き込んでいる。つまり先生、俺の肺にはまだ傷が残っているということか」

「そういうわけではない。傷は完治しておるが、刀でやられた傷とは関係ないところに、さまざまな症状が出てくることがある。体とはそういうふうにできておるのですよ」

諭《さと》すように胆義がいい、続ける。

「倉田さまの場合、刀で神経をずたずたに切断されたから、いろいろなところに障《さわ》りが出てきておるのです。神経をやられると、どうしても体の釣り合いが崩れ、ここが痛い、そこが重い、あそこが動かしにくいといった具合になるものだ」

「治るのか」

「医者というのは、どんな病いも必ず治るとはいえぬものだ。だが倉田さまの肺はまず大丈夫でしょう。治る」

　力強く胆義が断言する。佐之助は胸をなで下ろした。さすがに不安は不安だったのだ。来てよかったと思った。千勢に感謝だ。

「ただし、わしのところでは駄目だな」

　佐之助は目を大きく開いた。考えてもみなかったことだ。千勢によれば、胆義は希代《きだい》の名医とのことだ。そうである以上、手に負えない病などあるはずがないと感じていた。

「経絡やつぼに精通した腕のよい鍼灸師がいる。その者なら確実に治せる。今から紹介状を書くゆえ、ちと待ってもらえぬか」

　かたわらの文机に向き直り、胆義が一枚の紙を広げた。手にした筆を硯《すずり》の墨につけてから、手慣れた様子で書きはじめた。

「――これでよし」

　できあがった紹介状を一読し、うむ、と一つうなずくと、胆義は墨が乾いたのを見届けて折りたたみ、佐之助に手渡してきた。

「閑好《かんこう》――暇が好きというふざけた名だが、腕は抜群といってよい。わしが太鼓《たいこ》判《ばん》を押す。食べていける程度の稼ぎがあればよいなどと開業前はぬかしておったが、実際にはかなりの繁盛ぶりだ。施術所は、小石川原町《こいしかわはらまち》にある。浄土寺《じょうどじ》という小さなお寺さんの南側に看板を出しているから、すぐにわかろう」

小石川原町ならば、と佐之助は思った。神田上水沿いの道をまず行くのがよいだろう。紹介状を懐《ふところ》にしまい込み、代はいくらになるか佐之助はたずねた。

「うむ、一朱、いただこう」

「承知した」

さして高いとも思わなかった。医者というのは、言い値で成り立つ商売である。名医に予約を取ってのこの値なら、むしろ安いくらいではないか。

財布を取り出した佐之助は、一朱銀をつまもうとした。だが、うまくいかない。くっ、と我知らず奥歯を嚙み締める。

「今も右手が利かんようですな」

「うむ、利かぬ」

あきらめて佐之助は左手を使った。一朱銀を胆義に渡す。頭を下げて一朱銀を手にした胆義が佐之助を見つめる。

「閑好のもとには、できるだけ早めに行くのがよかろう」

「行ってすぐに施術してもらえるのか」

「少しは待つことになるかもしれんが、大丈夫。そのための紹介状ですからな」

「かたじけない。先生、造作をかけた」

丁寧《ていねい》に礼をいって佐之助は立ち上がり、刀架から取り上げた刀を腰に差した。襖を左手で開け、待合部屋に出る。土間で雪駄を履いた。

「では、これで。失礼する」

頭を下げ、佐之助は戸を横に滑らせた。

「お大事にな」

胆義の穏やかな声が背中にかかった。

外に出て戸を閉めた佐之助は大きく息を吸い込んで、小石川原町の方角を見定めた。薬臭さから解き放たれて、さすがに肩の力が抜ける。

よし行くか、と心中でつぶやいて路地を歩きはじめる。

ほんの数歩も行かないところで佐之助は、剣呑《けんのん》な気配を感じて足を止めた。

佐之助をにらみつけながら、前から三人の侍が迫ってくる。振り返ると背後にも二人おり、こちらも不穏《ふおん》な雰囲気を漂わせつつ佐之助に近づいてきた。

袴《はかま》姿の五人はいずれも二十歳前後と若いが、目が暗く表情がすさんでいる。

この界隈には大小の武家屋敷がひしめき合っている。旗本か御家人の部屋住連中といったところか。

「おい――」

前から来た三人の中で、ひときわ背の高い男が佐之助を見下ろし、横柄《おうへい》な声をかけてきた。

「金をくれぬか」

背の高い男は凄《すご》んでみせたが、佐之助にはなんの効き目もない。

「なにゆえきさまに金をやらねばならぬ」

「俺たちはいつもぴーぴーいうておる。おぬしがいま出てきた建物は――」

背の高い男が遙観堂を見やる。

「高直《こうじき》で評判の医者だ。その医者に診てもらうなど、金をたっぷりと持っているなによりの証《あかし》。俺たち貧乏人にも金を恵んでもらおうと思ってな」

「恵むか。物乞《ものご》いも同然ではないか。侍というのに、みじめなものよ。怪我をせぬうちに、家に帰ったほうがよい」

「言いたい放題だな。出さぬというのなら力ずくでもいただく」

ははん、そういうことか、と佐之助は気づいた。

「きさまら、医者帰りの者をいつも狙っているのか。これまで何度かうまくいって、味を占めたのだな。だが、今日はそうはいかぬ。とっとと去《い》ね」

蠅《はえ》を追うように佐之助は手を振った。

「おぬし、どうあっても出さぬというか」

「当たり前だ。きさまらにやる金などあるはずもない。金がほしくば、汗水垂らして働くがいい。部屋住だろうと、金を得る手立てはいくらでもあるぞ」

「浪人風情《ふぜい》がえらそうな口を利くな。とっとと出さぬと、本当に力ずくでいただくぞ。手加減はせぬ」

「ふん。やれるものならやってみろ」

一瞬、佐之助は右手のことが気になったが、左手だけで十分だろうと思いなおした。この程度の連中を左手だけで倒せないようなら、剣などさっさと捨てたほうがいい。

目に光をたたえ、佐之助は五人の侍を順繰りに見ていった。

佐之助の瞳を見て、五人がたじろいだのが知れた。自分たちは獲物をまちがえたのではないか。そんな思いに五人は駆られているはずだ。

だが、五人は背中を見せようとはしない。なんとか踏みとどまっている。相手はただの一人、なんとかなると思っているのだろう。

五人は佐之助を半円の形で囲んでいる。背の高い者以外に背が低い者もいれば、中背の者もいる。肥えている者もいるし、やけに細い者もいる。

この五人に共通しているのは、いずれも心に鬱屈《うつくつ》したものを抱えているように見えるところだ。どこか昔の自分を見るようだ。

「どうしても出さぬのだな。もはや堪忍袋《かんにんぶくろ》の緒《お》が切れた。よし、やってやる。吠え面をかくなよっ」

叫んで背の高い男が抜刀《ばっとう》した。それにつられるように他の四人も刀を抜く。

内心で佐之助はため息をついた。本当に刀を抜くとは――。

しかも五人とも、腕は見るからに大したことがないのだ。この腕で、刀にものをいわせて金を奪おうとすることが信じられない。よくぞこれまで無事でいられたものだ。

脅しの意味で、佐之助は刀に右手を置いた。本来の動きとはほど遠いが、かろうじて右手は動いた。

佐之助に刀を抜く気は、はなからない。この五人ならば、刀なしでどうとでもなる。

佐之助がいつでも刀を引き抜ける姿勢を取ったことに、五人ともおののきを覚えたようだ。もともと数を恃《たの》んでいるに過ぎず、これまでは相手を威嚇《いかく》することで、なんとかなってきたのだろう。

「ひるむな、やるぞ」

背の高い男が声を発した。上段に刀を振り上げ、気合とともに振り下ろしてきた。ずいぶんゆっくりとした斬撃《ざんげき》である。

この馬鹿が。内心で舌打ちしつつ佐之助は、がら空きの腹に蹴りを繰り出した。足の先がぐにゃりとめり込み、背の高い男が腰を折る。ううぅ、とうめいて腹を押さえた。刀が音を立てて地面にこぼれ落ちた。

「おのれっ」

左側から太った男が突進してきた。佐之助を間合に入れるや、袈裟懸けに刀を振ってきた。瞬時に足を動かし、佐之助は男の右側に出ていた。その動きだけで、太った男は佐之助を見失ったようだ。

容赦《ようしゃ》することなく、佐之助は手刀《てがたな》を男の首筋に入れた。びしっと音が立ち、背筋を反《そ》らして男が地面に昏倒《こんとう》した。

「きさまっ」

怒号を発し、今度は細身の男が突っ込んできた。胴が得意なのか、姿勢を低くして刀を払ってくる。

間合を外してその斬撃をよけ、さっと足を踏み出した佐之助は左手で男の刀の柄《つか》をつかんだ。手首をねじって刀を取り上げ、右手に持ちかえると、男の顔を左手で張った。

ばしん、と強烈な音がし、細い男がはね飛んだ。地面に背中から落ちた男は気絶したらしく、そのまま動かなくなった。

手にしたばかりの刀を今度は左手で構え、佐之助は残りの二人を見つめた。

「得物《えもの》が手に入ったゆえ、こいつを使わせてもらうぞ。刀を使えば、二人とも怪我ではすまぬ。それでもやるというのなら、かかってこい」

ごくりと唾を飲み、二人はかたまった様子でぴくりとも動かない。

「もはやる気はないようだな。ならば、その三人を介抱《かいほう》してやれ。それから、二度とこのような真似をするな。もしやったら、今度はただではすまぬ。腕の一本ももらうことになるぞ。わかったか」

「は、はい」

中背の男ががくがくとうなずく。背の低い男は呆然として声がない。

左手の刀を放り投げ、佐之助はくるりときびすを返した。がしゃん、と刀の落ちる音が耳を打つ。

まったく、くだらぬことに時を取られたものだ。

路地を出ようとして、不意に殺気のようなものを覚え、佐之助はまたも足を止めることになった。

――まだ仲間がいやがったか。

だが、今の五人とは比べものにならない、人を圧倒するような殺気が佐之助を包み込んでいる。相当の遣い手が、三間ばかりを隔てて立っていた。

――何者だ。

眉間《みけん》にしわを寄せ、佐之助はすっと腰を落とした。刀に右手を置く。

それを見ていたかのように、一人の男がふらりと路地に入り込んできた。佐之助と同様に一本差で、着流し姿である。ずいぶんやせており、体軀《たいく》に迫力は一切、感じられない。

「やあ、すまなんだな。驚かせてしまったか」

からりと明るい声で男が謝った。垂れた目に低い鼻、分厚い唇という造作で、愛嬌《あいきょう》のある顔つきをしている。歳は四十過ぎか。

殺気は勘ちがいだったか、と佐之助は一瞬、考えた。だが、そんなはずがなかった。

男の額には、一本の太い横じわが深く刻まれている。

「おぬし、やるなあ」

佐之助に近づきつつ、浪人らしい男がいかにも感じ入ったといいたげな声をかけてきた。暮らしに疲れているような雰囲気を全身にたたえているが、それは身なりだけで、頬のあたりはつやつやとして、顔色は決して悪くない。

「きさま、やつらの仲間か」

背後に顎をしゃくって佐之助はきいた。

「まさか。あんな連中と一緒にされては困る。ただの通りすがりよ」

「ならば、なにゆえ殺気を発した」

「いや、おぬしの戦いぶりを見て、すごい腕だなあ、と感心したゆえよ。久しぶりにすごい腕の男を見たんでね。刀を合わせてみたいと思ったら、自然に殺気がにじみ出ていた。すまぬ、この通りだ」

男がほっそりとした体を折り曲げた。

「むやみに殺気など放たぬほうがよかろう。怪我をするぞ」

「まったくおぬしのいう通りだ。わしは昔から癖が悪くてな。すまなんだ」

顎を引き、佐之助は歩き出した。目の前の浪人が斬りかかってくるかもしれず、油断することなく歩を進める。

「おぬし、右手が悪いのか」

背中に声がかかった。足を止め、佐之助は背後の浪人をじろりと見た。

「やはりそうであったか。左手しか使わなかったからではないぞ。あんな連中に、わざわざ利き腕を使うのも馬鹿らしいからな」

明るい笑みをつやつやとした頬に浮かべて浪人が続ける。

「おぬしの左足の送りが、わずかに遅れていたからだ。うまく体の釣り合いが取れておらぬ感じがした。あれは右手が悪いせいではないか、とわしはにらんだのだが、やはりそうであったか」

——こいつ、何者だ。

そうは思ったものの、一瞥《いちべつ》を返しただけで、佐之助はなにもいわずにその場を立ち去ろうとした。

「わしは多聞靭負《たもんゆきえ》という。おぬしの名をきいてもよいか」

無視するのはたやすかったが、臆したと思われては業腹《ごうはら》だ。男に向き直り、佐之助は名乗った。

「倉田佐之助どのか。覚えた」

うれしそうな男の言葉が終わらぬうちに、佐之助はきびすを返した。

——多聞靭負か。

小石川原町に向かって足早に歩きつつ佐之助は、今の浪人とはどこかでまた会うことになるのではないか。という予感を抱いた。

いや、会うだけではあるまい。

多聞靭負という男は相当の腕だ。

まともならばこの俺が負ける気遣いはない。だが、今は万全といえぬ。

次の瞬間、佐之助はぎくりとした。常に鍔《つば》を親指で押さえている左手が刀から離れていることに、気づいたからだ。

知らぬうちに、左手で右手をさすっていたのである。

三

佐之助と別れてから二刻のあいだ、富士太郎と珠吉は一心不乱に聞き込みを続けた。

だが、八十吉の殺害場所につながる手がかりは一つも得られない。

たったいま話を聞き終えたばかりの傘屋を出た富士太郎は、ふうと息をついて、腰をとんとんと叩いた。

さすがに疲れを覚えている。気持ちを少しゆるめたほうがよいのではないか。ずっと気を張ったままでは、いくらなんでも保《も》たないのは、これまでの経験から知っている。

「珠吉、ちょっと一休みしようか」

近くに茶店の幟《のぼり》がひるがえっているのを見つけて、富士太郎は珠吉を誘った。

「ええ、そうしやしょう」

ほっとしたように珠吉が首を縦に動かす。

「あまり根《こん》を詰めるのもよくないでしょうからね。たまに休息を混ぜるほうが、探索という仕事はまちがいなくはかどりやすから」

茶店に入った富士太郎と珠吉は縁台《えんだい》に腰を下ろした。大きな庇《ひさし》の下に日陰ができ、さわやかな風が吹き込んでくる。

湯船に全身を沈めたときのように、珠吉が大きな息を吐いた。疲れていたんだね、と富士太郎は思った。もっと早く休息を取ればよかったよ。

いらっしゃいませ、と寄ってきた小女に富士太郎は茶と饅頭《まんじゅう》を注文した。ありがとうございます、と小女が眼前から消えた。

「高久屋になにか動きはありましたかね」

目を上げ、なにかを見やる風情の珠吉がいった。どこを見ているのかな、と富士太郎は思案したが、すぐに答えは出た。

珠吉は高久屋のある伝通院前白壁町の方角に目を向けているのだ。

「さて、どうだろうかね。ないような気がするね。岡右衛門たちが昼間に動くとも思えないからね」

「興吉たちはしっかり見張っていますかね」

「見張ってくれているよ。興吉はしっかりしているからね」

「興吉だけでなく、ほかの者もちゃんとしていますよ。それにしても、旦那はずいぶんと興吉贔屓《びいき》ですねえ」

「そうかね。ところで珠吉、興吉は使えると思うかい」

「もちろん使える男だと思いますよ。今のご時世、なかなか得がたい男に見えますからね」

珠吉の後釜としてはどうだろう、という言葉を富士太郎はのみ込んだ。このことを珠吉にきくのは、時期尚早という気がした。

今も興吉たち町奉行所の手の者が、高久屋の向かいにある蕎麦屋の文助《ぶんすけ》の二階座敷にひそみ、岡右衛門たちの動きに厳しい目を注いでいるのだ。

高久屋になにか動きがあれば、すぐにわかる。縄張内の自身番すべてに、興吉たちから知らせが届くようにしてあるのだ。

拳をぎゅっと握り、富士太郎は大きく息をついた。

「珠吉、岡右衛門をなんとしても引っ捕らえたいね」

「必ず捕らえやしょう。旦那に恥をかかせたやつを、牢屋敷に送り込まねえと、あっしの腹はずっと煮えたままだ」

いまいましげにいったあと、珠吉がすまなそうに富士太郎を見る。

「どうしたんだい、珠吉」

気にかかって富士太郎は問うた。

「いえ、あっしのせいですからね、旦那に恥をかかすことになったのは」

「新月の晩、という岡右衛門のつぶやきを聞いたことかい」

富士太郎は笑い飛ばした。

「珠吉はさ、あの晩耳にしたことをおいらに知らせただけなんだよ。それを用いるか、それとも捨て去るか、決めるのはおいらなんだ。用いると決めた以上、すべての責任はおいらにあるんだよ。珠吉が申し訳なさを感じることなんか、これっぽっちもありゃしないのさ」

「でも、やっぱり弁解のしようがないですねえ。あっしは、やつにまんまとはめられちまったんですから」

「何度もいうけど、あれは別に恥ずべきことではないよ。忘れちまいな」

強い口調で富士太郎は断じた。

「珠吉だっておいらを、あんなのはしくじりのうちに入らないって、ぴしゃっと叱りつけたじゃないか」

「それはそうなんですけど、あれは落ち込んでいる旦那になんとか立ち直ってもらおうと、強くいっただけなんですよ」

大勢の捕手《とりて》に空振りを食らわせることになった面目なさに、腹を斬るといい出した富士太郎を、珠吉が一喝《いっかつ》したのである。

「あれは、十分すぎるほどの励ましになったよ。でも珠吉、賊どもに空振りを食らわされるのは、別においらたちが初めてじゃないからね。番所に奉公する誰もが、同じ経験をしたことがあるんだと思うよ。あのとき誰もおいらのことを責めなかったのは、そういうことなんだよ」

お待たせしました、小女が茶と饅頭を持ってきた。

「珠吉、さっそくいただこうよ」

熱い茶を飲み、やわらかな饅頭を食したら、富士太郎は体力と気力がみるみるうちに回復してくるのを感じた。皮がしっとりした饅頭は、餡《あん》にこくと甘みがあって、身にしみ込むかのようにうまかった。

これだけおいしいのなら元気が出るのも当然だね、と富士太郎は思った。

「甘い物を食べると、体が喜ぶのがわかるね。甘い物は疲れに効くんだろうね」

「体だけじゃありやせん。頭の疲れにもよく効くといいますぜ」

「なるほどね。だから、頭がすっきりしたような感じがするのかな」

「あっしも同じですよ。すっかり疲れが取れちまいやしたよ」

うーん、といって珠吉が大きく伸びをする。

「よし、元気を取り戻したところで、珠吉、もうひとふんばりしようか」

「ええ、がんばりやしょう。必ず手がかりが見つかりますぜ」

一気に若返ったような声を珠吉が発し、右腕に隆《りゅう》とした力こぶをこさえた。

しかしその後も探索を続けたが、なにも手がかりを得ることなく、富士太郎と珠吉は日暮れを迎えることになった。

まったく、とつぶやいて下を向いた珠吉が力なく首を振る。

「あっしの言葉ほど、当てにならねえものはこの世にありやせんよ」

沈みゆく太陽が、年老いた中間の横顔を橙色《だいだいいろ》に染めている。富士太郎は、そんな珠吉のことがいとおしくてならない。長生きしてほしい、と心から思う。

おいらの子を抱いてもらうまでは、死んでもらうわけにはいかないよ。

「そんなことはないよ、珠吉」

珠吉を見つめて富士太郎は優しく告げた。

「珠吉の言は当たることがほとんどだよ。今日はたまたまだったのさ。こういう日もときにはあるよ。珠吉、また明日だ。明日、またがんばればいいのさ」

「さいですね」

富士太郎の励ましが効いたか、珠吉の顔に生気がわずかだが、戻ってきた。

「とにかく、あきらめたら負けなのさ。おいらたちは、岡右衛門に負けるわけにはいかないんだ。やつに勝つまで、おいらたちはがんばり続けるのさ」

「ええ、ええ、旦那のいう通りですよ。あっしたちはあの男を必ずお縄にするんでやすからね。八十吉の無念も晴らさなきゃならねえ」

「そういうことだよ。珠吉、さて番所に戻るとしようか」

それを聞いて珠吉がにやりとする。

「でも、その前に米田屋さんに寄りたくて仕方がないんじゃありませんかい」

「よくわかるね、珠吉」

「そりゃ、わかりますよ。いつからのつき合いだと思っているんですかい」

「珠吉、米田屋さんに寄ってもいいかい。あまり長居はしないようにするからさ」

「もちろんいいに決まっていますよ」

小日向東古川町への道を富士太郎は勇んで歩きはじめた。

「ねえ、珠吉。直之進さんはいらっしゃるかなあ」

首をねじって、富士太郎は背後の珠吉にきいた。

「いらっしゃったら、うれしいですねえ」

「ほんとだね。会いたいねえ。お顔を見たいねえ」

一日中歩き回っていたのに、富士太郎の足取りは実に軽い。

「智代さんという人ができたのに、娘っ子みたいにいそいそしているんだものなあ。まるで昔に返ったみたいだぜ」

珠吉のつぶやきを耳が拾い、富士太郎は振り向いた。

「珠吉、なにをぶつぶついっているんだい」

「あっしはなにもいってませんぜ」

「えっ、そうかい。じゃあ、今のはおいらの空耳《そらみみ》かい」

「そうかもしれませんぜ。旦那、やっぱり疲れているんじゃありませんかい」

そんなことを言い合っているうちに、道は東古川町に入り、米田屋が視野に入ってきた。店には明かりがぽつんと灯《とも》っている。

揺れる灯《あか》りが手招きしているようで、富士太郎は疲れも忘れて足を速めた。珠吉も遅れじとついてくる。

「ああ、着いた」

足を止め、富士太郎は目の前の建物をじっと見た。暖簾はもうしまわれているが、戸はまだ開いている。

「ごめんよ」

敷居を越え、富士太郎は中に声をかけた。

はーい、と応《いら》えがあり、内暖簾をくぐって一人の娘が顔を見せた。

「あっ、樺山の旦那、珠吉さん。いらっしゃいませ」

にこっとして娘が辞儀した。

「えーと、おまえさんは、おれんちゃんのほうかな」

「さようです。樺山の旦那、よくおわかりになりましたね」

「まあ、たまたまだね。醸《かも》し出す雰囲気で、おれんちゃんじゃないかなあ、となんとなく思ったんだ」

おれんは、直之進の妻であるおきくの双子の姉である。米田屋と親しくつき合うようになって久しいが、富士太郎はいまだに二人の見分けがつかずにいる。

「私の醸し出す雰囲気って、どういうものなんですか」

「なんというか、おきくちゃんよりほんわかしているっていうのかなあ」

「妹より私のほうが、ずっとのんびりしていますから――」

ふふ、とおれんが頬に笑みを浮かべる。

「樺山の旦那、珠吉さん、お上がりください」

「いいのかい、忙しくないかい」

「もうお店は終わりましたから」

「それなら、お言葉に甘えようかな。直之進さんはいらっしゃるかい」

「もちろんですよ」

富士太郎の目当てが直之進であるのを知ってか、おれんが相好《そうごう》を崩した。沓脱《くつぬぎ》で雪駄を脱ぎ、富士太郎と珠吉は上がり込んだ。奥の間に入ると、琢《たく》ノ介《すけ》と直之進、おきくが一緒にいた。

「おう、富士太郎、珠吉、よく来たな」

すっかり商家のあるじとして貫禄《かんろく》がついてきた琢ノ介が、うれしそうな声を上げた。

「富士太郎さん、珠吉、こんばんは」

にこにこと笑って直之進が挨拶する。

その笑顔を見て、富士太郎は胸が一杯になった。

あれ、おいらはまだ直之進さんに惚れているのかな。もちろん、惚れているに決まっているよ。でも、それは男が男に惚れるってことだよね。前のように恋い焦がれているわけじゃないよ。おいらの気持ちが向いているのは、今や智ちゃんだけなんだからね。

「光右衛門さんにお線香を上げさせていただきますね」

隣の仏間に行き、富士太郎と珠吉は線香に火をつけ、位牌《いはい》に手を合わせた。

――米田屋さん、いろいろお世話になりました。米田屋さんが亡くなったとはまだ信じられないけれど、最近ようやく受け容れられるようになってきましたよ。どうか、琢ノ介さんやおれんちゃん、おあきさん、祥吉《しようきち》ちゃん、おきくちゃん、直之進さんを守ってやってください。そして、少しだけでいいですから、それがしたちに力を貸してください。よろしくお願いします。

目を開けて、富士太郎は立ちのぼる線香の煙を見つめた。ゆらゆらと揺れている煙の向こうに光右衛門がいるような気がした。こちらを優しく見つめている。

そんなことを感じて、富士太郎は急に切なくなった。

――米田屋さん、恋しいですよ。それがしはまた会いたくてならない。でも、それはもう二度とかなわないことなんですねえ。ああ、寂しいなあ。

じわりと涙が出てきた。富士太郎は指先でそっとぬぐった。

珠吉はまだ両手を合わせて、光右衛門に無言で語りかけている様子だ。

ほどなくして珠吉がこちらを見た。

「なにをお願いしていたんだい」

珠吉をじっと見て富士太郎はきいた。

「旦那と同じことですよ」

ふっと笑って珠吉が答える。

「じゃあ、みんなが幸せになれるようにってことだね」

「それがまず一番ですね。それと、ちょっとでいいから、あっしらに力を分けてください、とお願いさせていただきました」

同時に立ち上がった富士太郎と珠吉は、直之進たちのいる部屋に戻った。富士太郎と珠吉のために、おれんが茶を持ってきてくれた。

「富士太郎、珠吉、もう夕餉はすんだのか」

顔を突き出すようにして、琢ノ介がきいてきた。祥吉が琢ノ介のそばで、面子《めんこ》をいじっている。

「いえ、まだです」

「だったら食ってゆくか」

「いえ、けっこうです」

「富士太郎、遠慮せずともよいぞ。腹が減って死にそうだろう」

「いえ、本当にいいんですよ」

「琢ノ介、無理に誘わずともよい」

琢ノ介をたしなめるように直之進が制した。

「八丁堀の屋敷で、智代さんが富士太郎さんの帰りを待っている。富士太郎さんは智代さんの夕餉を食べようと思っているのだ」

「なんだ、そういうことか。ここで腹一杯にして残すようなことになったら、智代さんに悪いものな。じゃあ珠吉も富士太郎と同じか」

「さいですねえ。あっしの場合は旦那とちがって、古女房のつくるものですが」

「とにかく、帰りを待っていてくれる者がいるのは、よいことだ」

「へい、まったくで」

「琢ノ介さんたちは、もう夕餉は召し上がったのですか」

富士太郎はたずねた。

「ああ、とっくの昔よ。わしたちの夕餉はとても早いんだ。寝るのも早いしな。──ああ、そうだ。富士太郎、おぬし、直之進が襲われたことを聞いているか」

「ええっ」

驚きのあまり、富士太郎は腰が浮いた。珠吉も目を大きく見開いている。

「いつのことです」

すぐさま富士太郎はただした。

「富士太郎、相変わらず大袈裟だな。仰天《ぎょうてん》するほどのことではなかろう。湯瀬直之進という男は、これまで数えきれぬほど襲われてきておるぞ」

「もちろんそのことはよく知ってますけど、やはり心配でならないですよ。おきくちゃんだって、気持ちが全然休まらないでしょう」

富士太郎は、おきくに優しい眼差しを投げた。おきくがにこりとし、ありがとうございますというように会釈《えしゃく》する。

「直之進が襲われたのは、十日ばかり前だ」

鼻から太い息を吐いて琢ノ介が告げた。

「ほう、けっこう前なのですね。あれ、数日前にそれがしが長屋に寄ったとき、直之進さん、そのようなことがあったとお話しくださらなかったですよね」

「あのときは、富士太郎さんがずいぶん疲れているように見えてな、そのことを口には出せなかったのだ」

そういえば、事件が難航しているといったような覚えがある。

「そうだったのですか。お気をつかわせてしまい、申し訳ありません。なにゆえ直之進さんが襲われたのか、理由は判明しているのですか」

富士太郎は直之進にたずねた。

「まず、どういう経緯《いきさつ》で俺が襲われたのか、そのことを説明するとしよう」

湯飲みを手に取り、直之進が唇と喉を茶で湿した。湯飲みを茶托《ちゃたく》に戻す。

「俺が下野《しもつけ》に行ってきたのは、富士太郎さんたちは知っているな」

「もちろん。光右衛門さんの遺言で、恩人の磐井屋《いわいや》さんの娘さんを捜すためです。名はおみわさん」

磐井屋は湯島三組町《ゆしまみくみまち》にあった口入屋で、あるじは聖兵衛《せいべえ》といった。女房はおきょう。

三十年以上も前、故郷の常陸国青塚村《ひたちのくにあおづかむら》から江戸に出てきた光右衛門は磐井屋に奉公し、口入れ稼業の第一歩を踏み出したのである。そのとき、のちに光右衛門の女房となるおはるは、光右衛門の周旋で大目付をつとめる福木帯刀《ふくきたてわき》の屋敷へと奉公に上がった。

二十五年前、その磐井屋が大目付の福木帯刀に襲われ、聖兵衛とおきょう、二人の奉公人が殺された。聖兵衛の一人娘おみわは外の厠《かわや》にひそんでいたことで、かろうじて難を逃れた。

そのおみわを捜してほしい、と亡き光右衛門は直之進の名をあげて遺言状に記していたのだ。二十五年前、光右衛門は福木屋敷から逃げ出したおはるを、すでに暖簾分けして開いていた米田屋でかくまった。そのことで、恩義のある聖兵衛たちに不義理することになった。おはるの身を守るため、聖兵衛たちが福木帯刀に襲われるかもしれないことを承知で、見殺しにしてしまったのだ。

役目柄、福木帯刀は大名家の内情を知る立場にあった。それをあろうことか、商家に大金で売りつけていたのである。その秘密を知った腰元《こしもと》たちをひそかに毒殺していたことを知ったおはるは福木屋敷を逃げ出し、光右衛門のもとに身を寄せたのである。

もろもろの悪事が結局は露見し、福木帯刀は、二十五年前に時の老中首座の命で切腹して果てている。表向きは病死とされた。

「その通りだ。俺はおみわどのを捜しに下野へ向かったのだ」

湯飲みを持ち上げ、直之進がまた茶を喫した。突き出た喉仏が上下し、それが富士太郎にはずいぶん男らしく見えた。

「下野において、おみわさんは無事に見つかった。おみつという娘もすでにおり、亭主の泰兵衛《たいべえ》もとてもよい男で、おみわどのは実に幸せそうにしていた」

それはよかったなあ、と富士太郎はしみじみと思った。富士太郎の後ろで、珠吉が控えめに喜びをあらわしたことが伝わってきた。

「話は俺が下野に向かう前日のことに戻る。その日、俺は向島《むこうじま》の白鬚《しらひげ》神社の近くにいた。舅《しゅうと》どのが白鬚の渡しで、幼いおみわさんにそっくりな女の子を見かけたゆえ、その子につながる手がかりを探そうとしていたのだ。——そのとき一人の掏摸が、古笹屋《こざさや》という商人の財布を掏り取ったのを、俺は目の当たりにした。その掏摸は、遊山《ゆさん》の者にぶつかると見せかけて、仲間の掏摸に財布をひそかに渡していたのだ。俺は財布を受け取ったほうの掏摸を追いかけ、捕らえた」

言葉を切り、直之進が富士太郎を見る。富士太郎は、さすがは直之進さんだ、と思った。一つ顎を引いて、どうぞというように先をうながす。

「古笹屋から財布を掏った若い男は逃げ失せたが、俺は捕らえた掏摸を白鬚の渡し場の番人に引き渡した。引き渡す前に確かめたのだが、その小柄な掏摸の左腕には、咎人《とがにん》の入墨が入っていた」

「つまり、その掏摸は一度つかまったことがあるのですね」

「そういうことだな。おきくや琢ノ介たちにはすでに話したが、その翌日、奥州《おうしゅう》街道を歩いている最中、俺は六人の者に襲われた」

だが、おきくは初めて聞いたかのように直之進を見ている。瞳が不安げに揺れている。

それを見て、かわいそうにね、と富士太郎は同情した。

直之進もおきくの様子に気づき、案じずともよい、俺は大丈夫だ、というような眼差しを送った。

おきくから目を離した直之進が真摯《しんし》な光を瞳に宿した。

「俺を襲ってきた六人のうち、五人は武家の形《なり》をしていた。だが、一人だけ僧侶の恰好をした者がいた。その者は錫杖《しゃくじょう》を得物《えもの》にしていた」

「ほう、錫杖ですか。武具として珍しいものですね。重くはないんでしょうか」

「重くないはずがないが、その男は軽々と振り回していたな。俺が驚いたのは、振られた錫杖の先がぐんと伸びてきたことだ」

「えっ、先が伸びたのですか。それはまたいやらしい仕掛けですね」

「あのような物は俺も初めて目にした。間合が考えられぬ速さで縮まり、さすがに俺も面食らったが、なんとか錫杖をかわすことができた。その後、俺は六人の男を撃退した」

直之進さんはやっぱり強いね、無敵だよ、と富士太郎は心でたたえた。六人を相手に勝ってしまうんだからね。それに撃退したってことは、その六人を手にかけることはなかったんだね。いくら悪人とはいえ、人を殺《あや》めたくはないものね。

った。

「直之進さん、お怪我はなかったのですね」

直之進は傷一つ負っているように見えないが、富士太郎は確かめざるを得なかった。

「うむ、幸いにしてどこにも怪我はなかった」

おいらがこんなに案じられるくらいだから、おきくちゃんはもっと心配だろうね。おきくちゃんと一緒になってまだ間もないんだから、直之進さんも、もっと平穏な日々が送れるようになればいいのになあ。

でも、と富士太郎は思った。直之進さんは嵐を呼ぶ男なんだよね。自分では意図していなくても、いつの間にか危険なことに巻き込まれているんだよ。しかしそれが直之進さんの運命だから、自分ではどうすることもできないんだよねえ。神さまも因果《いんが》な運命を押しつけるものだよ。

軽く咳払いして、富士太郎はさらに問うた。

「その六人は、なにゆえ直之進さんを狙ったか、理由を口にしたのですか」

「うむ、口にした。僧侶の恰好をした者が掏摸の報復だといった」

「掏摸の報復……」

「向島で掏摸を捕らえた俺のことを、どうにも腹に据えかねた者がいたということになろう。――むっ」

なにか思い当たったことがあったのか、不意にうなった直之進が黙り込んだ。

「直之進、どうかしたか」

横から琢ノ介がきいた。

「いや、いま唐突に思い出したことがあったのだ。あの掏摸は金ではなく、もしや証文を狙っていたのかもしれぬ」

「証文ですか」

うむ、と直之進が富士太郎に向かって顎を引いた。

「掏摸に財布をとられた古笹屋のあるじが、その財布には大事な証文が入っているといったのだ。僧侶の形をした男が口にした報復とは、その証文に関することかもしれぬ。値打ちのある証文をもう少しで手に入れるところで、俺に邪魔された。そのことによほど腹が煮えた人物がいたということだろう」

「悔しさのあまり、直之進さんを狙ったということですか」

「多分、そういうことだろう」

「直之進さん、襲われたのは一度だけで江戸では狙われてはいないのですか」

「一度もな。妙な気配を感じたこともない」

すぐに直之進が言葉を続けた。

「ただ、俺の身だけですめばまだしも、おきくにまで累が及んではいかぬ。それで、琢ノ介に頼み込んで、今こちらにおきくを置かせてもらっているのだ」

「なるほど、そういうことだったのですか」

嫁入り前と同じようにおきくが米田屋にずっといる理由が知れて、富士太郎は納得した。

「富士太郎さん、一つ頼みがある」

真剣な顔をした直之進が、身を乗り出してきた。端整な顔を間近で見て、富士太郎はうっとりしかけた。すぐにしゃんとする。

「なんでしょう」

「俺が捕らえた掏摸は、いま牢屋敷にいるはずだ。その掏摸に会わせてもらえぬだろうか」

「直之進さんをその掏摸に会わせる……」

さすがに富士太郎は考え込まざるを得なかった。うーむ、とうなり声を上げ、首を横に振る。

「直之進さん、それはどうあっても無理でしょうね。番所の者ですら、牢屋敷にいる者と面会するのに煩雑《はんざつ》な手続きが必要なのです。ましてや直之進さんに面会の許しが出るとはとても思えません」

　申し訳なかったが、富士太郎としてはそう答えるしかなかった。

「そうか、富士太郎さん、無茶をいった。煩雑な手続きが必要とのことだが、富士太郎さんならば、その掏摸に話を聞けそうか」

「聞けると思います」

「富士太郎さん、頼んでもよいか」

「もちろんですよ。それがしがその掏摸に会い、背後にいるのがどんな連中か、聞き出してきますよ。任せてください」

「富士太郎、しっかりやれよ」

　富士太郎は琢ノ介に顔を向けた。

「直之進さんを狙うだなんて、許しがたい連中ですからね。一刻も早く引っ捕らえねばなりません。――ところで、その掏摸はなんという名ですか」

　眉根を寄せて直之進がかぶりを振った。

「やつは名乗らなかった。なにもいわず、白鬚の渡し場の番人に引っ立てられていった」

「さようですか。なに、名はわからずとも、なんの問題もありません。だいたいの日にちと捕らえた場所がわかっているのですからね」

「そうか。それならよいのだが」

そろそろお暇《いとま》しようと富士太郎が思ったとき、琢ノ介が話しかけてきた。

「直之進とわしは今日、一緒に出かけていたのだ。二人でなにをしていたか、富士太郎、わかるか」

なんのためだろう、と富士太郎は考えた。答えが出る前に琢ノ介が口にした。

「直之進のために道場探しをしていたのだ」

「ああ、そうだったのですか」

直之進さんは、ついに生業《なりわい》を決めたということかな。もともと剣がすごく遣えるからね、剣術道場をやるのが最もいいだろうね。教え方もうまそうだし。

「富士太郎も知っての通り、口入屋は物件の斡旋《あっせん》もする。ちょっと遠いが、居抜《いぬ》きで使えそうな道場の出物があったから二人で見に行ったのだ」

「それでどうだったのです」

富士太郎にきかれて、琢ノ介が渋い顔になる。

「出物ということだったが、あまりいい物件とはいい難かった。狭いし、建物が古すぎた。あれは相当の直しが必要だ。手に入れてからの費えがかかりすぎる」

琢ノ介が心から直之進のことを思っていっているのが、その真剣な表情から知れた。富士太郎はほれぼれと感心した。

――琢ノ介さんは、直之進さんのことを心から気にかけているんだね。なんて恰好いいんだろう。いつから琢ノ介さん、こんなに恰好よくなったのかな。やっぱりおあきさんと一緒になってからかな。とすると、所帯を持つというのはやはりいいものなんだね。

直之進さんも生業を剣術道場に決めたのも、おきくちゃんと一緒になったからだろうね。おきくちゃんを食べさせてゆくのに、今のままではいけないって思ったのかな。腕利きだから用心棒稼業でも十分すぎるほど稼げるはずだけど、直之進さんはおきくちゃんのためにきっと危険のない職を選んだにちがいないよ。

「そういえば――」

ふと富士太郎は思い出した。

「今日、倉田佐之助に会いましたよ」

興味深げな目を直之進が向けてきた。

「やつは元気にしていたか」

「元気といえば元気でしたけど、ちと精彩を欠いている感じがしましたね。珠吉とも話しましたが、あの男、医者にかかりに行ったんじゃないかと思います」

「医者に……」

眉根を寄せて直之進が案じ顔になる。

「それは心配だな。近々倉田の様子を見に行ってくるとするか」

「それがよいぞ、直之進。今や佐之助はわしたちの仲間といっていいゆえな」

熱誠《ねっせい》を感じさせる顔で琢ノ介が後押しする。

「うむ、紛《まぎ》れもなく倉田は友垣だ」

ああ、やっぱりそうなんだね、と富士太郎の胸には喜びがあふれた。直之進さんも琢ノ介さんも倉田佐之助のことを友垣と思っていたんだね。おいらがいうのも変だけど、なんだかうれしいね。

「わしも商売で近くを通りかかったら長屋に寄ってみよう」

商売か、と富士太郎は思った。琢ノ介さんもがんばっているんだね。おいらも負けないようにしないと。

「琢ノ介さん、いや、米田屋さん、商売は順調のようでよかったですよ」

「順調か。今はまだ舅どのの貯えを食い潰しているようなものだな。だがな富士太郎、実はわしは隣の地所を買おうと思っているのだ」

「隣というと、どちら側ですか」

「西側だ。なんでも今の商売を手じまいするそうで、買ってくれないかときかれたのだ。ちょうど義父上《ちちうえ》が撒《ま》いた種が芽を出しはじめていてな、商売が広がってきておるのだ」

「光右衛門さんの撒いた種というと、どのようなことですか」

「うむ、米田屋はこれまでどちらかというと、武家奉公よりも店へ奉公する者の扱いが多かった。それではいけないと舅どのは考えていたようで、商売の合間に多くの武家を訪れていたようだ。そういうところから注文がくるようになった。今や店は手狭になりつつあるゆえに、武家と商人とに分けたいと思っているのだ」

それはとてもいい考えだね、と富士太郎は思った。店が手狭になってきたのは琢ノ介さんが太ってきたからではないか。だが、あまりに無礼すぎ、口に出しはしなかった。

その思いを読んだかのように、琢ノ介がぎろりと目を光らせた。

「樺太郎、今おまえ、無礼なことを考えただろう」

片膝立ちになり、琢ノ介が決めつけた。

「あっ、豚ノ介っ。また樺太郎っていったね。許さないよ」

「おう、いったがどうした。許さないってのはどういうことだ。この樺野郎が」

「樺野郎ってどういう意味だい。この豚ノ介が。いや、おまえなんか、ノ介はいらないね。豚でいいよ。この豚っ」

「なんだと、きさま、呼び捨てにしおって」

二人が言葉をぶつけ合う様子を、その場にいる全員があきれて見ている。

実際のところ富士太郎はこんなやりとりが楽しくてならない。貴重な息抜きといっていい。こんな激しい言葉を投げつけられるのは、琢ノ介しかいないのだ。

「まあ、二人ともそのへんでやめておけ」

割って入った直之進が富士太郎たちをいさめる。

「覚えておけよ、富士太郎。いつか必ず決着をつけてやる」

「望むところだよ」

「ところで富士太郎」

なにもなかったような平静な顔で、琢ノ介が呼びかけてきた。相変わらず、信じられないほど気分を変えるのが早い。

「おまえ、なんだか、あまり顔色がよくないな。疲れているのではないか」

えっ、本当ですか、と驚いて富士太郎は顔に手をやった。確かに肌に張りがないような気がする。今朝も智代に、顔色が優れないといわれたばかりだ。なにかの病だろうか。それとも疲れているだけか。

「富士太郎、いま扱っている事件が難航しているのではないか」

「まあ、そうですね」

富士太郎は否定しなかった。

「ふーん、珍しいこともあるものよ。富士太郎でもそんなことがあるのだな」

目を転じ、琢ノ介が直之進を見る。

「直之進、富士太郎たちの事件を手伝ってやったらどうだ」

ふむ、とうなって直之進が目を上げた。富士太郎をじっと見る。

数日前、珠吉と一緒に直之進の長屋に寄ったとき、疲れているのではないか、と直之進は富士太郎のことを気遣ってくれた。そのとき直之進は、高久屋岡右衛門の一件を手伝おうか、とも申し出てくれたが、富士太郎は、自分たちの手でがんばってみます、ととりあえず断った。

「富士太郎さん、どうかな。俺は必ず力になれると思う」

直之進が力強くいってくれた。その言葉に、さすがに富士太郎は心を動かされた。今日も結局、収穫はなかった。こうも手詰まりでは、心変わりしたくなろうというものだ。

今朝、風を変えたいと思い、布団を上げてみたことを富士太郎は思い出した。

――もしかすると新しい風というのは、直之進さんのことかもしれないよ。

深く息を吸い込み、富士太郎は直之進に語りかけた。すでに心は決まっている。

「直之進さんのご都合はいかがですか。掏摸のほうは問題ありませんか」

「大丈夫だ。富士太郎さん、手伝わせてもらえるのか」

「直之進さんさえよければ」

「ありがたし」

直之進が満足げな笑みを漏らした。

「それがしもありがたいですよ」

本職としては情けないことかもしれないが、どういう形であれ、悪者を捕縛できればよいのだ。手立てを選んでいる場合ではない。

これで一気に岡右衛門捕縛に向かうかもしれないよ。

背後の珠吉も、にこにこと笑みを浮かべているようだ。

「富士太郎さんには、捕らえた掏摸のことを調べてもらうのだからな。少しでも力を貸したいと思うのは当たり前のことだ」

「そうおっしゃっていただけるだけで、それがしはうれしいですよ。直之進さん、でも無理は禁物ですよ」

「うむ、よくわかっている」

富士太郎は、八十吉殺しの事件のあらましを事細かに説明した。その上で直之進に八十吉の人相書《にんそうがき》を手渡した。

両手で受け取った直之進は、人相書を押《お》し戴《いただ》くようにした。

「必ず力になれるようにがんばるつもりだ」

「よろしくお願いします」

富士太郎は深々と頭を下げた。

第二章

一

横合いから声をかけられた。

「湯瀬の旦那、また一緒にお出かけかい。毎日、本当に仲がいいねえ」

足を止め、直之進は声の主を見つめた。おきくも立ち止まり、丁寧に挨拶した。

朝日を浴びつつ井戸端で洗濯物を干しているのは、直之進たちの向かいの店《たな》に住む女房である。

「当たり前でしょ、まだ一緒になったばかりなんだから」

たらいから顔を上げたもう一人の女房がいう。向かいの女房が小馬鹿にしたような目を、その女房にくれた。

「あら、あんたなんて、二日目から亭主と殴り合っていたじゃない」

「あんたは、一緒になる前から喧嘩《けんか》ばかりしてたでしょ。あれでよく一緒になったもんだねえ。まあ、今も喧嘩はしょっちゅうのようだけどね」

「うちは仲がいいから喧嘩するの」

「なにいってんの。あんたの亭主、浮気ばかりしてるらしいじゃないのさ」

「うちの亭主は、浮気なんかしたことないよ。浮気っていったら、あんたんとこのほうがひどいじゃない。あんたは何度も泣かされてるのに、いまだに別れないなんて、どうかしてるよ」

「亭主が本当に惚れているのは私なの。だから浮気してもいいのよ」

「なに自分にいいわけしてんのさ。本当にあんたに惚れてたら、浮気なんか、するわけないだろうが」

「ふん、あんたのとこなんか、よそに子がいるらしいじゃないか」

「いないよ。いるわけないじゃない。誰がいったのさ」

声高く言い合いをはじめた女房たちを井戸端に残し、直之進はおきくをうながして足早に長屋の木戸を抜けた。

「相変わらずかしましいものだな」

後ろを振り返って直之進は苦笑した。

「でも、皆さん、とてもお元気で、私なんかうらやましいくらい」

「おきくも元気ではないか。俺はおきくの笑顔に、いつも力をもらっているぞ」

「本当ですか」

「嘘をいってもはじまらぬ」

狭い路地を抜けて直之進とおきくは表通りに出た。風の渡りがよく、寒くもなく暑くもなく、とても爽快である。

「ああ、いい日和《ひより》」

うーん、といっておきくが伸びをする。

「こういう日こそ一緒に出かけたいものだな」

「はい、本当に」

「すまぬな、おきく」

歩きながら直之進は頭を下げた。

「俺のせいで不自由な暮らしをさせることになってしまい……」

「不自由だなんてとんでもない」

大きくかぶりを振っておきくがいった。

「米田屋は私が生まれ育った家ですもの。あの家にはまだおとっつぁんがいるみたいで、私はなんとなく安らぎます」

「ああ、おきくもそうだったのか」

「あなたさまもおとっつぁんがいるような気がしているのですね」

「仏壇に線香を上げているときなど、特に強く感じる。皆のことを案じて、まだあの世に行けぬのかな」

「私たちのことを、草葉《くさば》の陰から、きっとはらはらして見ているのでしょうね」

「特に琢ノ介をな。あの男、かなりがんばってはいるが、舅どのから見たら、まだまだ頼りないからな。もしかしたら、隣の地所を買うことを、舅どのは危ぶんでいるのかもしれぬぞ」

「それはないと思います」

言下《げんか》におきくが否定する。

「なにゆえそう思う」

「おとっつぁんが亡くなった直後、隣の地所が売りに出され、義兄上《あにうえ》に買ってくれないかといってきたからです。私は死んだおとっつぁんが、そういうふうに仕向けたのではないか、と疑ったほどです。実際にはそんなこと、できるはずもないのですけど」

「つまりおきくは、隣の地所の件は天の配剤といいたいのだな」

「はい、そういうことになります。うちが隣の地所を買うことになったのは、はなから運命づけられていたのではないか、と今は思っています。ですから、うちが店を広げることについて、なにかいやなことが起きたり、まちがいが起きたりすることはないと確信しています。借金をするわけでもないですし」

琢ノ介はおそらく、と直之進は思った。前の老中首座堀田正朝《ほったまさとも》の遺族の謀略を打ち砕いたときに、現老中首座水野忠豊《みずのただとよ》からもらった二百両を当てるつもりなのだろう。

二百両で足りるのだろうか。もし足りなければ、俺が出してもよい。琢ノ介、そのときは、つべこべいわず受け取ってくれよ、と直之進は心に念じた。

「でも、いつかはおとっつぁんには安《やす》んじてあの世に行ってもらわないといけない、と私は思っています。家にずっといたからって、おとっつぁんになにかできるわけではありませんからね」

その言葉を聞いて、直之進は目を丸くした。

「おきくもけっこう厳しいことをいうのだな」

「亡くなったばかりの今はまだなんということもないのですよ。でも、仏には、成仏するという大事なつとめがあるはずです。成仏したら極楽に行くのでしょうが、極楽から私たちを見守ってくれればよいのですよ」

おきくには珍しく、力を込めて語る。そんな妻を直之進はまぶしい思いで見つめた。

「だが舅どのは、琢ノ介が一人前になるまでは家に居座る気かもしれぬぞ」

「では、おとっつぁんの気配が消えたその日が、義兄上が一人前として認められた日になりましょうか」

「そうかもしれぬ」

直之進たちが暮らす長屋から米田屋は目と鼻の先といってよい。

「ああ、もう着いてしまった」

米田屋を目の前にして、残念そうにおきくがいう。

「もっと長いこと、あなたさまとお話ししていたかった」

「俺もだ」

おきくを抱き締めたいという欲求が、唐突にわき上がってきた。だが、ここは表通りである。そんな真似はできない。唇を嚙み締めるようにして、直之進はその思いを抑えつけた。

「探索に出る前に、琢ノ介たちに、ちと挨拶していこう」

少しでも長く、直之進はおきくと一緒にいたかった。戸口で別れてしまうのはあまりに名残《なごり》惜しい。

すでに店には、職を探しに来た大勢の客がいて、壁に張られた紙を真剣に見ている。どんな条件なのか説明を求められると、慣れた様子でおあきが説《と》いてゆく。おれんもおあきと同じことをしている。おきくもすぐにそれに加わった。

すごいな、戦場のようではないか。直之進は気圧《けお》されるものを感じた。

「琢ノ介はいるのかな」

客たちの合間を縫うように直之進はおれんにきいた。

「もう出かけられましたよ。四半刻ほど前に外回りに」

「そうか」

四半刻前というと、夜が明けたばかりの頃である。

「やはりがんばっているのだな」

琢ノ介の姿勢に直之進はすっかり感じ入った。おきくに心残りがあるからと、こんなところでぐずぐずしている自分は、情けないの一言ではないか。

俺も、富士太郎さんたちのために力を振りしぼらなければならぬ。

「ではおきく、行ってまいる」

客の一人と話しているおきくに声をかけ、直之進は戸口に進んだ。

「はい、あなたさま、お気をつけて」

頭を下げて客から離れたおきくが直之進に近づいてきた。

「そなたもな。大丈夫とは思うが、決して一人にならぬようにな」

「はい、心しております」

なぜか直之進の目がおきくの口に引き寄せられた。唇を吸いたい、と思ったが、それも我慢するしかない。

おきくに深くうなずきかけてから、直之進は米田屋をあとにした。

――さて、どこから手をつけるべきか。

往来《おうらい》の端で立ち止まり、直之進は懐から八十吉の人相書を取り出した。

どうすれば探索がうまく進むか、すでに昨夜から考えてはいたのだが、おきくと一緒にいる時を大事にしたくて、八十吉のことはできるだけ頭の隅に寄せるようにしていた。

しかし、今はもうそういうわけにはいかない。探索にすべての力を集中しなければならない。

少し気持ちを落ち着けて考えられるところはないか。

小日向東古川町の北側を流れる江戸川沿いにちっぽけな稲荷《いなり》神社があるのを思い出し、直之進はそこまで歩いていった。

二十坪もない境内《けいだい》に、誰が持ってきたのか、縁台が一つ置かれている。座り心地がいいとはとてもいえないが、一休みするのには恰好の縁台である。

たいていの場合、年寄りが先客として座っていることが多いが、今朝は幸いにも空いていた。直之進は腰を下ろした。

——さて、どうすべきか。どうすれば、岡右衛門の犯した罪の証拠をつかむことができるだろうか。

考えに集中するために直之進は目を閉じた。そういえば、とすぐに思い出した。

昨日、富士太郎さんがいっていたおるんという女はどうだろうか。三味《しゃみ》線《せん》の師匠をしているといっていたが、ずいぶんと男好きらしく、賭場《とば》にまで房事《ぼうじ》が得手そうな男を漁《あさ》りに行くような女らしい。

どういうわけか、直之進はそのおるんのことが気にかかった。興味からだろうか。ちがう。なにかおるんという女に引っかかるものがあるにちがいない。

おるんという女は、と直之進は考えを進めた。八十吉と岡右衛門の両方を知っている。この二人ともに、おるんの情夫だったのだ。

おるんの家に八十吉が転がり込んでいるとき、岡右衛門の家にある仏壇の飾りを直したことが、八十吉が高久屋に奉公するきっかけとなったのである。

つまりおるんは、と直之進は思った。八十吉と岡右衛門をつないだ女といってよいのではないか。

むろん、富士太郎と珠吉は遺漏《いろう》なくおるんから話を聞いているだろう。だが、自分が行けば、またちがう話が聞けるかもしれない。

まずはおるんを攻めてみよう、と直之進は決意した。

おるんの家は小石川指谷町《さしがやちょう》にあるとのことだった。縁台から腰を上げ、直之進は稲荷神社の小さな鳥居をくぐり出た。

ちょうど一人の老婆が入れちがいに境内に入ってきたところだった。すみませんねえ、と老婆が直之進に頭を下げる。

自分のために直之進が縁台を空けてくれたと思ったようだ。そうではないのだと訂正するほどのことでもなく、直之進も老婆に向かって一礼した。

稲荷神社を出て江戸川に架かる石切橋を渡り、神田上水沿いの道を東に取った。

歩き進むと、伝通院の杜《もり》が大きく見えはじめた。小石川指谷町は伝通院から見て丑寅《うしとら》（北東）の方角にある。小日向東古川町からだと伝通院を回り込むことになる。

常人とは比べものにならない速さで歩き続けた直之進は、四半刻ほどで小石川指谷町に到着した。

人にきくまでもなく、おるんの家はすぐに知れた。指谷町の真ん中といっていい場所に堂々と建っていたからだ。

こんな場所に家を持てるということは、今もいろんな男から援助を受けているのではないか。直之進はそんなことを思った。富士太郎のいっていた通り、猫が三味線をくわえた図の看板が掲げられている。

格子戸を開けた直之進は、敷石を踏んで戸口に立った。

「ごめん」

家に向かって訪《おとな》いを入れる。応《いら》えはなかった。もう一度、直之進は声をかけた。依然として返事はない。不在なのだろうかと考えたとき、中から、はーい、た。


と声が返ってきた。

どこか甘ったるさを感じさせる女の声だ。

「お入りくださいな。開いてますから」

「では失礼する」

引戸に手を当て、直之進は横に滑らせた。戸はからからと軽い音を立てて開いた。

目の前は狭い土間で、上がり框が設けられている。その向こうは六畳間になっていた。

六畳間に目をやって、直之進はどきりとした。一人の女が隅の暗いところに座り、じっと目を据えていたからだ。猫のような瞳をしている。

なんと、と直之進は心中で瞠目《どうもく》した。まったく気配を感じさせず、女が待ち受けていたことに、驚きを覚えたのである。

この女がおるんだろうか。ほかに考えようがない。富士太郎がいっていた通りの女だ。

「いらっしゃいませ」

しなをつくるような仕草で、女が畳に両手をそろえた。着ている物は、寝巻のようだ。まだ着替えていない様子である。

「こんなに朝早くすまぬ」

直之進は軽く頭を下げた。

「ああ、声もいいと思ったけど、実物はずっといいねえ。ああ、なんていい男なのかしら」

直之進の声が聞こえなかったかのように女がつぶやく。うっとりと直之進を見ている。

むう。直之進は腹に力を入れた。なにか息苦しくてならない。刀を構えて遣い手と対峙《たいじ》しているほうがずっと楽だ。

「俺は湯瀬直之進という」

声がひっくり返りそうになるのを、なんとか抑え込んだ。

「湯瀬直之進さま——とてもいい名ね」

女がなまめかしい笑みを見せる。

「あたしは、るんと申します。湯瀬さま、よろしくお見知り置きください」

直之進を見つめたおるんが一瞬、舌なめずりしたように見えた。獲物を前にした獣のようだ。

なんだ、今のは。おるんがそこにいなければ、目をごしごしとこすっていたところだ。

「湯瀬さま、どうぞ、お上がりになってください」

猫なで声で、おるんがいざなう。

「いや、俺はここでよい」

固辞し、直之進は上がり框に腰かけようとした。

おるんが、いやいやをするように首を振る。

「湯瀬さま、そんなところでなく、是非お上がりになってください。でないと、あたし、なにもお話しいたしませんよ」

意外な感にとらわれ、直之進はおるんを凝視した。おるんは、直之進が話をききに来たことを知っている。どんな話をききたいのか、それもわかっているのだろうか。

ふふ、とおるんが笑いを漏らす。

「湯瀬さまは、八十《やそ》さんのことであたしに話を聞きにいらしたんでしょう」

図星《ずぼし》だったが、直之進はあえておるんにたずねた。

「なにゆえそう思う」

「だって、湯瀬さまのような人が訪ねてくる理由がほかに思い浮かびませんからねえ。行商人はたまに来ますけど、お武家がみえることはまずありませんから」

言葉を切り、おるんが直之進を見つめる。

「八十さんの事件が解決したとは聞かないから、たぶん御番所の探索は、はかばかしいとはいえないんじゃないかしら。湯瀬さまは御番所から探索を頼まれたか、八十さんの縁者から依頼を受けたか、そのどちらかではないかしらねえ」

鋭いな、と直之進は感心した。この女、見かけよりもずっと頭が回るのだ。だからこそ男を手玉に取り、こんな場所に家を持てるのだろう。

「さあ、湯瀬さま、上がってください」

「あ、ああ。かたじけない」

軽く頭を下げ、雪駄を脱いだ直之進は上がり框に足をのせた。神経を集中して、家の中の人の気配を嗅ぐ。

この家に、ほかに人がいる様子はない。ひっそりとしている。今日おるんは、男を引きずり込んではいないということか。

「どうぞ、こちらに」

隣の間につながる腰高障子《こしだかしょうじ》を、おるんが開けた。そこは八畳間で、寝乱れた感じの夜具がまだ敷かれていた。部屋の隅にある紫色の布の上に三味線が横たえられている。

ああ、と声を上げて、おるんが夜具の上に倒れ込む。寝巻が乱れて、白い足があらわになった。

見てはならないものを見たような気分で、直之進は目をそむけた。

「ああ、眠い。ずっとこうしていたい」

だがすぐさまおるんは起き上がり、ちょこんと布団の上に座った。またも猫を思わせる目で直之進を見る。

その目で見つめられて、直之進はどきりとした。

「ここで話をするのか」

ちらりとおるんと夜具に目を向けて、直之進はたずねた。

「ええ、そうですよ。あたしね、実をいうと、ついさっきまで眠っていたの。それを湯瀬さまに起こされてしまったのよ」

「それはすまぬことをした」

素直に直之進は謝った。

「湯瀬さま、いつまでも突っ立ってないで、お座りくださいな」

「あ、ああ」

なんとも落ち着かない気分を味わいつつも、直之進は背筋を伸ばして正座した。刀は右側に置く。背中はじっとり汗をかき、胸は早鐘を打っている。

これほどまでに人を圧迫する女がこの世にはいるのだな、と直之進は思った。それとも、他の男はおるんと二人きりになっても、こんな思いはしないのだろうか。苦しい思いをするのは自分だけなのか。

直之進の気持ちなど斟酌《しんしゃく》する様子もなく、明るい口調でおるんが話す。

「前にいらしたお役人は、この部屋には入れなかったのよ。あのお役人、名乗らなかったけど、このあたりを縄張にしている若い定廻《じょうまわ》りよね。確か樺山さまといったかしら。ときおり見かけるんだよね。湯瀬さま、いえ、直之進さんは樺山さまのことをご存じかしら。少しひ弱な感じがして、私はちょっとそそられたんだけど、供のお年寄りがついてきていたから……」

そそられた、というのはどういう意味だろう、と直之進は思った。抱かれたかった、ということだろうか。

「実は、その樺山どのから依頼を受け、俺は八十吉殺しを調べることになった」

「ああ、やっぱり」

勘が的中したことがうれしいらしく、おるんが顔をほころばせる。

「それで直之進さんは、どんな話をおききになりたいの」

「なんでもいい。八十吉と岡右衛門について話してほしい。なにか心に強く刻まれた思い出の類《たぐい》はないか」

「二人について、なにか思い出せばいいのね」

甘えたような声を出し、おるんが濡れたような目で直之進を見る。

またもぎくりとし、直之進の背中を冷や汗が流れ落ちてゆく。

そうねえ、といっておるんが唇に人さし指をそっと当てた。天井を見上げる。

「二人とも裏街道の人よね。二人とも阿漕《あこぎ》なことをしていたと思う。岡さんはきっと今も悪事をはたらいているんだろうなあ」

その通りだ、という意味を込めて直之進は、うむ、とうなずいた。

「八十さんというのは、頑固で自分の考えを曲げないところがあったけど、けっこう愛嬌があって温かみのある人だったねえ。殺されちまったと聞いたけど、あの人なつこい笑い顔を二度と見られないと思うと、あたしゃ、寂しくてならないよ。ほかに女ができたと思って叩き出しちまったけど、あんなこと、しなきゃよかった。まさかあれが最後になるなんて……」

つと、おるんの目尻に涙が浮いた。

しばらくのあいだ、下を向いて、しくしくと泣いていた。

やがて、少しは気持ちが落ち着いたのか、おるんが泣き顔を上げた。手を伸ばして枕元にあった手ぬぐいを引き寄せ、涙を拭いた。

手ぬぐいを膝の上に静かに置くと、再びしゃべり出した。

「岡さんはあっちはすごくうまいけど、それだけの人よ。心はとても冷たくて、残忍この上ない人。あたし、八十さんを殺したのは、岡さんじゃないかと思う」

そうか、おるんもそう考えていたのか、と直之進は思った。

唇を赤い舌でなめておるんが続ける。

「あたし、噂話として聞いたんだけど、八十さんの手の指、全部切られていたらしいじゃない。そんなことする人、岡さん以外、考えられない」

「どうしてそれが岡右衛門の仕業《しわざ》だと思う」

「八十さん、きっと岡さんの気に障るようなことをしたのね。直之進さんは、掏摸のことに詳しいの」

いきなりきかれ、直之進は首を横に振った。

「そう。掏摸はね、組に入らず一人で仕事をする者を捕まえると、二度と仕事ができないように指の骨を全部折るというの。直之進さん、知らなかった」

「いわれてみれば、聞いたことがある」

「そうでしょう」

満足そうにおるんがいった。

「きっと岡さんも同じだったのよ。ふつうの悪人なら、二度と仕事ができないように八十さんの指を切り落としたのよ。残忍な岡さんはそんなやり方では満足しなかった。だから指を全部、切り落としたのよ。それだけの苦痛を与えた上で八十さんを殺したの。いかにも岡さんがやりそうなことよ」

憎々しげな感情をあらわに、おるんが言葉を吐き出した。

どうやら、と直之進は思った。富士太郎さんの推測は当たっていたようだな。おるんの話を聞く限り、岡右衛門が八十吉殺しの下手人であるのは動かしがたい事実だろう。

「八十吉は岡右衛門と対立して、高久屋を追い出されたそうだな」

直之進の言葉を聞いて、おるんがさっとかぶりを振る。

「ううん、きっとそうじゃない。八十さんは追い出されたわけじゃなく、逃げ出したのよ」

「逃げ出しただと。どういうことだ」

「八十さんと岡さんは、馬がまったく合わなかった。なににつけても、ことごとく反目していたはずよ。先代の岡右衛門さんが生きていたときは、まだなんとかなったんでしょう。先代は八十さんのことをすごくかわいがっていたらしいから。新しく入った八十さんの後ろ盾になっていたのよ」

「なるほど。それで」

相槌《あいづち》を打った直之進は先をうながした。

「でも、先代の岡右衛門さんが亡くなってからは、二人の仲は、もうどうにもならなかったんでしょう。――ああ、そういうのは、なんと呼ぶのかしら。なにか、ぴったりな言葉があったはずよ。修繕みたいな言葉で、四文字のものが」

「もしや修復不能のことか」

直之進を見て、おるんが満足げに笑う。

「ああ、それよ。直之進さん、物知りね。――そう、修復不能よ。修復すること能《あた》わずってやつね」

意外といっては悪いが、おるんはなかなか学があるようだ。頭の巡りのよさもそうだが、案外、いい家に生まれ育ったのかもしれない。

「なにゆえ二人はそんなに馬が合わなかったのだろう」

直之進にきかれ、おるんがまじめな光を瞳に宿した。

「当たり前のことだけど、二人の性格があまりに異なりすぎていたってことが、あったにちがいないよ」

「性格の相違か」

それよ、といっておるんが妖艶《ようえん》に笑う。

「八十さんは、先代の教えを忠実に守ろうとしてたんじゃないかしら。対する岡さんは、先代のやり方は古いと認めず、自分のやり方を貫き通そうとしたのよ」

「八十吉としては、先代のやり方で行きたかった。だが、当代の岡右衛門は先代のやり方をむしろ打ち消そうとした」

「そういうことね。ぶつかり合うのは当たり前だよね」

「逃げ出したということは、八十吉は命の危険を感じていたのかな」

「そうじゃないかしら。それだけ岡さんの怒りは激しかったのよ。そうじゃなきゃ、八十さんが逃げ出すだなんて、考えられないもの」

ふむ、といって直之進は考え込んだ。富士太郎さんの話では、八十吉が高久屋からいなくなったのが半年前ということだ。逃げ出した八十吉は、岡右衛門に殺されるまでの半年間、いったいどこにいたのか。

その疑問を、直之進はおるんにぶつけた。

「さあ、どこにいたのかしらね。あたしにはわからない。八十さん、うちに来ていれば、殺されずにすんだかもしれないね」

無念そうにおるんがうつむく。また泣くのかと思ったが、すぐに顔を上げた。目に涙はなかった。

「八十さんは江戸川に投げ込まれたそうだから、江戸川沿いのどこかにひそんでいたのはまちがいないんじゃないかしら」

「八十吉には、江戸川沿いに隠れ家でもあったということかな。逃げ出してから半年ものあいだ、八十吉はなにをしていたのだろう」

「なにをしていたのかしらねえ。裏稼業に精を出していたかもしれない」

裏稼業か、と直之進は思った。盗人働きをしていたということか。だが、それはなんとなくだが、直之進にはしっくりこなかった。

「おるんどの、江戸川沿いに岡右衛門の別邸や隠れ家があると耳にしたことはないか」

「直之進さん、あたしのことは呼び捨てにしてよ。――ううん、別邸とか隠れ家とかそんなのは聞いたことがないよ」

そうか、と直之進はいった。それにしても、八十吉は半年ものあいだ、いったいなにをしていたのだろう。気になってしようがない。

岡右衛門は半年間、逃げた八十吉を捜し続けていたのだろうか。

それとも、八十吉のことは放っておいたのか。だが、実際には八十吉は殺されている。

岡右衛門は八十吉を捜し出したのか。それとも、たまたま見つけたのか。

そうではなく、八十吉が岡右衛門の逆鱗に触れるようなことをし、捜し出されたのか。

――ふむ、逆鱗に触れたか。

これではないか、という気がする。

俺が八十吉の立場なら、と直之進は考えた。なにをするだろう。

一つしかない。岡右衛門に対する意趣返《いしゅがえ》しである。

八十吉が自分と同じ考えを持つ男だったかどうか、むろんわからない。

だが、少なくとも、八十吉は江戸を出てはいなかったのだろう。逃げ出したにもかかわらず、なにゆえ江戸を出なかったのか。江戸は広く、人も多い。見つからないと高《たか》を括《くく》っていたのかもしれない。

だがそうではなく、八十吉にはなにかしらの意図があったのだとしたら。秘めた心づもりがあったからこそ、八十吉は江戸にとどまっていたのではないか。

もし八十吉が意趣返しを考えていたとして、なにを企んでいたのだろう。逆鱗に触れたというのなら、岡右衛門の仕事の妨げをしようとしていたのかもしれない。

盗人の首領である岡右衛門は、評判のよくない米問屋東島屋を今も狙っていると富士太郎さんはいっていた。

買い占め、売り惜しみなど平然と行うこともあり、東島屋の金蔵には相当の金がうなっているらしいのだ。

となると、東島屋は大仕事となる。岡右衛門としては、邪魔をされてはたまらない。

八十吉は、どういう形で岡右衛門の邪魔をしようとしていたのか。

もし自分なら、と直之進は考えた。先に盗みに入り、金蔵を空っぽにするだろう。岡右衛門は盗み出す物がなくなり、唖然とするしかないのではないか。

だが、八十吉は一人である。一人では何箱もの千両箱を運ぶことはできない。金蔵を空にすることなどとても無理だ。

もちろん、仲間がいれば話は別だが、八十吉は人とつるむような男なのだろうか。

不意に、金蔵を空っぽにする必要はない、と直之進は気づいた。岡右衛門の邪魔をするだけなら、金蔵の錠前を破り、千両箱の一つも持ち出すだけで十分だ。

一度、盗人に破られた錠前をまた金蔵につける馬鹿はいない。東島屋に限らず、誰だって錠前は替えるだろう。

東島屋がどこの錠前屋の錠前を使っているか直之進は知らないが、同じ錠前屋のものを使うことは二度とあるまい。

岡右衛門があるじをつとめる高久屋も錠前屋である。岡右衛門たちは、錠前破りをもっぱらにしているのだろう。

盗みに入る前に東島屋の金蔵につけられた錠前がどんなものか、岡右衛門たちは調べ上げているにちがいない。十分に吟味した上で、必ず破れるという確信を抱いて、仕事に取りかかっているのではないだろうか。

万端《ばんたん》の用意をととのえ、いざ東島屋に盗みに入ったものの、錠前が見たこともないような新しい物に取り替えられていたとしたら、岡右衛門たちはどうするだろうか。しかも、どんな腕のよい錠前師をもってしても破れそうもない、最も新しい様式の錠前である。

金がうなる金蔵を前にして、岡右衛門たちは呆然とするしかなかろう。

もしや八十吉の狙いは、と直之進は気づいた。岡右衛門の仕事を邪魔するだけではなかったのではあるまいか。

八十吉は、岡右衛門たちをお縄にさせることも考えていたのかもしれない。岡右衛門の東島屋への仕事がいつになるか調べ上げ、正確な日付と刻限を町奉行所に通報しようとしていたのかもしれない。

岡右衛門たちを牢屋敷に送り込むことこそ、八十吉は、おのれの意趣返しの成《じょう》就《じゅ》とみていたのかもしれない。

その意図を心に抱いて、八十吉は高久屋のことを調べはじめた。

だが、あまりに高久屋に近づきすぎ、岡右衛門に意図を見破られたということか。それで岡右衛門に捕まり、残虐な殺され方をしたのかもしれない。

とにかく、と直之進は思った。一度、東島屋から話を聞いたほうがよいのではないか。

東島屋に対し、八十吉や岡右衛門はなんらかの行動を起こしていたのではないだろうか。東島屋の金蔵にどんな錠前が使われているのか、盗みに入る前に調べなければならないのだから。

——よし、東島屋に行こう。

腹を決めた直之進は目を上げて、おるんを見た。目が合い、おるんがほっとしたようにしゃべり出す。

「直之進さん、ずっと黙り込んで、どうかしたんですか。話しかけても、上《うわ》の空《そら》で、なにも答えてくれないし」

「ああ、そうだったのか。それはすまぬことをした」

「直之進さん、なにを考えていたの」

「八十吉のことだ」

「ずいぶん長いこと考えにふけっていたけど、なにか思いついたんですか」

「おかげさまで、だいぶわかってきたような気がする」

おるんがほれぼれとした顔になる。うっとりと直之進を見ている。

むっ。胸中で直之進はうなった。おるんがまた舌なめずりしたように見えたからだ。見まちがいではない。蛇のような舌が伸びて、確かに唇に触れた。

ごくりと唾を飲み込んで直之進は、おるんどの、と呼びかけた。

「いろいろとかたじけなかった。これでおしまいだ。俺は引き上げる。ゆっくり寝てもらってけっこうだ」

「直之進さん――」

なれなれしい声を出して、おるんがにじり寄ってきた。にゃーん、と猫のような声を出したから、直之進は仰天した。おるんの口は、あーんといっているのに、直之進の耳には確かに、にゃーんときこえたのだ。

にゃーん。おるんがしなだれかかってきた。わあっ、と直之進は我知らず大声を出していた。

「や、やめてくれ」

あわてて立ち上がろうとしたが、おるんの両腕がするりと伸びてきて、がっちりと直之進の首に絡まった。

思いのほか強い力で、直之進は身動きが取れない。息がしにくい。

まさかこの女、俺を殺そうとしているのではあるまいな。掏摸の刺客の一人なのか。

ない。


「直之進さん、にゃーん、にゃーん」

――ちがう。刺客などではない。猫真似をするような女が、刺客であるはずがない。

「にゃーん」

熱い吐息が耳にかかり、直之進はぞっとした。雪のかたまりでも当てられたように、背筋が一気に冷える。

「直之進さん、後生《ごしょう》だから、にゃーん、あたしを慰めてくださいよお。あたし、男に出ていかれたばかりなんですよお。にゃーん。この体のほてりを静められるのは、直之進さんだけなんですよ。にゃーん」

首にかかった腕にさらに力が込められ、直之進は布団に無理に寝かされそうになった。

おるんの顔を張ることができれば、逃げるのはたやすいだろうが、できることなら、女に手は上げたくない。

「おるんどの、放してくれ」

直之進は懇願した。

「あたしのことは呼び捨てにしてよ、直之進さん。にゃーん、あたし、直之進さんのこと、二度と放さない。あたしを慰めてくれるまで、放さない。にゃーん」

ぶつり、と堪忍袋の緒が音を立てて切れた。

「やめるんだっ」

噴き出した怒りを声に込めて、直之進は一喝した。

えっ。きょとんとして、おるんの腕から力がわずかに抜けた。その隙に直之進はおるんの腕を外した。素早く立ち上がると、刀を手に腰高障子をからりと開ける。

「ああーん、直之進さん、待ってぇ」

——誰が待つものか。

六畳間に逃れ出た直之進は土間の雪駄を履いて、外に飛び出した。

足早に歩き出して、直之進は後ろを振り返った。おるんが追ってくる気配は感じられない。家は静かなままだ。

——ふう、なんとか逃げられたか。

額の汗を直之進は手の甲でぬぐった。

——まさしく悪夢だったな。どんな刺客に襲われるより怖かったぞ。

まだ胸がどきどきしている。まさに蜘蛛《くも》に絡め取られた獲物の気分だった。

自分が悪いことをしたわけではないのに、おきくに申し訳ないことをしたような気分になっている。

いや、と直之進は思い、かぶりを振った。確かに俺はなにもしなかったが、おるんにつけ込まれる隙があったのはまちがいないのだ。

歩きながら、直之進は大きく息を吸った。

――それにしても、あのようなおなごがこの世にはいるのだな。世間は広い。江戸は沼里《ぬまざと》とはあまりにちがう。比べものにならないほど人が多い分、とんでもない者もひそんでいるといってよい。

――とにかく逃れることができた。よし、探索だ。集中するぞ。

気を取り直すように頭を振ってから、直之進は、小石川御簞笥町にある東島屋に向かって歩を進めた。


さして繁盛している様子はない。

評判が悪いせいで、客があまり立ち寄らないのかもしれない。

東島屋と記された屋根の扁額を仰ぎ見てから、直之進は茶色の暖簾を払った。

「ごめん」

広い土間に足を踏み入れた。米なのか、それとも糠《ぬか》なのか、そんなにおいが漂っている。

「いらっしゃいませ」

快活な声を上げて、一人の男が近寄ってきた。歳からして手代だろうか。

「お侍、お米がご入り用でございますか」

もみ手をして男がきく。さりげなく直之進の身なりを見ている。

「ここは小売りもしているのか」

「もちろんでございます。一合からお売りいたしております」

「一合から。そいつはありがたいな」

「うちは、お客のことを第一に考えておりますので。お客の望まれることは、できるだけかなえようという姿勢を貫いております」

客に重きを置きながら、なにゆえ値のつり上げを画するのか、直之進はきいてみたかった。だが、探索には関係のないことだ。今は措いておくことにした。

「手前は手代の運次郎《うんじろう》と申します。どうか、お見知り置きを」

「俺は湯瀬直之進という」

客なら名乗る必要はないだろうが、今日は探索でやってきた。いくら評判のよくない米屋が相手でも、礼儀として当然だろう。

「湯瀬さまでございますね」

名乗られたのがよほどうれしかったのか、運次郎が顔をほころばせる。

「実は、俺は客ではないのだ。おぬし、定廻りの樺山どのを存じているか」

「はい、もちろんでございます」

富士太郎の名を聞き、運次郎がかしこまったような顔つきになる。

こういう反応を見ると、定廻りというのは実に大したものだ、と直之進は思う。権力を振りかざそうとするのはたやすいことにちがいない。

だが、樺山富士太郎という男は、そういう真似は決してしない。誰にでも優しく接している。すばらしい男だなと、直之進は改めて感じ入った。

「樺山さまでしたら、よくお寄りくださいます。このあいだも、お見えになったばかりでございます」

それは岡右衛門の探索に関して足を運んだにちがいあるまい。それとも、盗賊に狙われていることを警告に来たのか。

「俺はその樺山どのの許しを得て、ちと御用仕事をしている」

「えっ、湯瀬さまは岡っ引でございますか」

意外という思いをありありと浮かべて、運次郎が直之進を見つめる。

「いや、岡っ引とはちがう。だが、似たようなものだな」

「さようでございますか。それで湯瀬さま、御用仕事とおっしゃいましたが、どのようなご用件でございましょう」

運次郎の目には、どことなく用心の色が浮いている。この手代がなにを警戒しているのか、直之進は覚った。

「俺は、別に小遣いをせびりに来たわけではない。さる事件に関して、本当に探索を行っているのだ」

「さようにございますか。あの、さる事件とおっしゃいますと」

「それはちと、はばかりがあっていえぬ」

岡右衛門の事件について、あまりぺらぺらしゃべるのは得策でないような気がした。富士太郎が来たのなら、警告をする必要もないだろう。

「――さようにございますか」

運次郎は警戒を解いてはいないが、直之進はかまわず話を進めることにした。

「主人は又蔵《またぞう》どのといったな。話を聞きたいのだが、会えるか」

「は、はい。お目にかかれるかどうか、旦那さまにうかがってまいります」

きびすを返した運次郎が奥へと姿を消した。

それから四半刻ほど、店先の土間で直之進は待つことになった。

ようやく運次郎が戻ってきた。四十代半ばと思える男を伴っている。

「手前が又蔵でございます」

ふっくらとした頬をしているが、目つきは鋭く、なかなか油断ならない感じの男である。儲けのためなら、迷わず阿漕な手立てを用いそうな男だ。米の買い占め、売り惜しみをしても不思議はない。

直之進は改めて名乗った。

「湯瀬さまでございますね。なんでも、樺山さまのご配下とうかがいましたが」

「配下というわけではないが、まあ、それはよい」

いちいち訂正するのもわずらわしい。

「あるじ、樺山どのも見せてもらったそうだが、俺にも金蔵の錠前を見せてほしいのだ。かまわぬか」

「ご覧になるだけでしたら、よろしいですよ」

土間からそのまま店を抜けて、直之進たちは中庭に出た。右手に石造りの蔵が建っている。こいつはすごいな、と直之進は蔵を見て感嘆した。恐ろしく頑丈《がんじょう》そうにできている。これなら火事に遭っても、中におさめられた物が燃える気遣いは無用だろう。

「こちらでございます」

蔵の戸の前に立った又蔵が、自ら直之進に錠前を示した。がっちりとした錠前で、いかにも重そうだ。重さは、三百匁《もんめ》は優にあるのではないだろうか。

「鍵穴が見当たらぬな」

錠前をしげしげと見て、直之進はいった。

「見えないように、隠してあるのでございますよ。鍵穴を出すのにも鍵が必要なのでございます」

「それはすごい工夫だな。では、この錠前を開けるには二つの鍵が必要なのか」

「いえ、四つでございます。鍵穴を出すための鍵が一つ、鍵穴に差し込む鍵が三つ、必要なのでございます」

「では、三種類の鍵を鍵穴に差し込まぬと、この錠前は開かぬということか」

「はい、そういうことになります」

いかにも自慢げに又蔵が口にする。

「それはすごい仕掛けだな。もし一つでも鍵をなくしたら、大事《おおごと》になるな」

「ええ、それはもう。ですので、鍵は手前だけが知っている場所に、大切に保管してあります」

「それは賢明なやり方だ。――この錠前は特別あつらえなのだろうな」

「もちろんでございます。青葉屋《あおばや》という老舗《しにせ》の錠前屋がつくり上げた逸品でございますよ。どんな盗賊であろうと、この錠前を破れる者はおりませんな」

又蔵は自信満々である。

こういう自信たっぷりの者に限って、と直之進は思った。その自信が打ち砕かれたときのあわてぶりは、見ていて痛々しいものだ。

八十吉なら、東島屋が特別あつらえの錠前を使っていると知っていてもおかしくない。岡右衛門も同様だろう。

やはり八十吉の狙いは、岡右衛門より先に東島屋の金蔵を破ることだったのではないだろうか。

ここまではわかった。――さて、次の一手をどうするか。

直之進は思案した。今のところ、錠前屋の青葉屋に話を聞くことくらいしか頭に浮かんでこない。

それでよい、と直之進は自らにいい聞かせた。今は考えつくことにしたがって、探索を進めていけばよい。そうすることで、きっと道は開けよう。

「錠前屋の青葉屋はどこにある」

顔を又蔵に向け、直之進はたずねた。

「白山前町《はくさんまえまち》でございます」

「それは小石川なのか」

「さようにございます。白山権現という大きな神社さんがございます。そのすぐそばに青葉屋さんはございます」

白山権現か、と直之進は思った。一度、参拝に足を運んだことがあったな。そんなことを考えていたら、不意に背筋に寒気が走った。

「白山権現は、もしや指谷町の近くか」

「ええ、近うございますね。隣町といっても差し支えないかと存じます」

むう、と直之進は心でうなり声を上げた。おるんのいる町を通らねばならぬのか。暗澹《あんたん》とせざるを得ない。

おるんのために遠回りなどしたくない。おるんはきっと家にいるだろうが、すぐそばを通りかかったからといって、会うとは限らない。きっとそうだ。大丈夫だ。直之進は自らを叱咤《しった》した。

又蔵たちに礼をいい、東島屋をあとにした。

道を東にとり、小石川白山前町を目指す。

再び坂の多い道を歩き、四半刻ばかりで小石川指谷町に入った。おるんの家の真ん前を通ることになったが、家は静まり返っており、人けが感じられない。

おるんは、寝直しているのかもしれない。直之進はさすがにほっとした。

白山前町に足を踏み入れ、青葉屋を探した。

人にきくと、すぐに場所は知れた。

青葉屋は裏通りにひっそりと建っていた。あまり大きな店構えではない。形ばかり、という風情で紺色の地味な暖簾が狭い間口にかかっている。

それを払おうとして、直之進はとどまった。おや、と南の方角を見やる。

富士太郎と珠吉らしい二人が、早足でやってくるのが見えたのである。

直之進は目を凝らした。まちがいない。

あの二人も青葉屋に用事があり、やってきたのだろう。

別段、直之進に驚きはない。

別の道筋をたどって、二人は青葉屋に来ることになったのだろうな、と覚っている。

二

足元に朝日が射し込んでいる。

こんなに早く、と富士太郎は明るく照らされている廊下を見やって思った。ここまで来ることはなかなかないね。

「あっ、樺山さま」

一室の襖を開けて出てきた若者が富士太郎を見つけ、おはようございます、と丁寧に挨拶してきた。

「おはよう、哲助《てつすけ》」

富士太郎は朗らかに返した。哲助は吟味役《ぎんみやく》同心の詰所づきの小者である。

「哲助、依知川《いちかわ》さんは、いらっしゃるかい」

いま哲助が出てきた吟味役同心の詰所をちらりと見て、富士太郎はきいた。

「いらっしゃいます。お呼びしたほうがよろしいですか」

「そうだね。声をかけてもらえるかい」

「承知いたしました」

襖を静かに開け、哲助が詰所に姿を消した。

待つほどもなく、一人の男を伴って戻ってきた。

気安い調子で名を呼び、依知川賢介《けんすけ》が右手を上げて近づいてくる。

「おう、富士太郎」

「こんなに早い刻限に会うのは珍しいな。おぬしは番所から逃げ出すように、さっさと見廻りに出てしまうからな」

賢介はまだ二十代半ばで、富士太郎と歳が近い。先輩ではあるが、富士太郎にとって気軽に話ができる貴重な存在である。

一礼して哲助がその場を離れようとする。ありがとうね、と富士太郎は哲助にいった。にこりとして哲助が廊下を歩き去ってゆく。

咳払いをして富士太郎は賢介を見た。

「それがしがすぐに見廻りに出るのは、仕事熱心ゆえのこととお考えください」

「そんなこと、はなから承知だ。それでどうした、なにか調べ物でもあるのか」

はい、と富士太郎は答えた。

「十日ばかり前に向島の白鬚の渡し近くで捕まり、渡し場の番人から引き渡された掏摸が小伝馬町《こでんまちょう》の牢屋敷に入っているかどうか、知りたいのです」

「その掏摸が牢屋敷に入牢中か、それがわかればよいのだな」

「さようです。その者に面会したいのですが、牢屋敷ではなく、もしや番所内の牢屋に入っているかもしれぬとも考えまして。まずは今どこにいるのかと——」

「その者の名は」

「申し訳ありませぬ。それがわかっておらぬのです」

「そうか。十日ばかり前、白鬚の渡し場近くで捕らえられた掏摸だな」

「小柄な男で、一度、番所に捕まったことがあるようです」

「左腕に入墨があるというわけか。十日ばかり前なら、さして時もたっておらぬな。牢屋敷の未決囚の牢屋かもしれぬ。調べるのは造作もなかろう。富士太郎、ここで待っていてくれるか」

「もちろんです。お手数をおかけします」

「なに、いいってことよ」

にやりとした賢介が富士太郎にうなずいてみせる。すぐに詰所に姿を消した。

小伝馬町の牢屋敷は、罪人だからといって誰でも入れられるわけではない。牢屋敷の収容人員は、三百五十人ばかりと決まっているのだ。その倍は入るともいわれているが、三百五十人でも罪人にとって恐ろしく狭いだろう。もし七百人も入ったら、一人当たりの身の置き場は、半畳もなくなってしまうのではないか。

吟味方与力が念入りに書類に目を通した上で、なにも問題がなければ、手附同心《てつき》がつくった証文を富士太郎たちはもらうことになる。その証文を持って牢屋敷に行くと、罪人の正式な入牢が決まるのである。

四半刻ほど富士太郎は廊下で待った。

「すまぬ、待たせた」

廊下に出てきた賢介は、浮かない顔をしている。

「さんざん調べてみたが、富士太郎、白鬚の渡しで捕まった掏摸はおらぬぞ」

「ええっ」

考えてもいないことだった。富士太郎は唖然とするしかない。

「これでもかというくらい書類を繰《く》ってみたのだが、そのような者が牢屋敷に入った形跡は見当たらぬ」

不思議そうに賢介が首を振った。

「つまり、白鬚の渡し場近くで捕らえられたという掏摸は、どこにも入牢しておらぬということだ。牢屋敷だけでなく、番所内の牢屋にも入っておらぬ」

「すでに解き放たれたということは」

「入牢したという記録がないゆえ、解き放つもなにもないのだ」

「それはいったいどういうことでしょう」

「わからぬ。とにかくその掏摸の記録がないのだ。つまり白鬚の渡し場近くで捕まった掏摸は、番所までしょっ引かれてきておらぬということだな」

「ええっ」

富士太郎は呆《ほう》けたように口を開けた。

賢介が見落とすはずがない。有能な男なのだ。賢介が入牢していないという以上、直之進が白鬚の渡し場近くで捕らえたという掏摸は、本当に牢にいないのである。

――妙だね。なにかおかしいよ。

胸がざわつく。

とにかく、と富士太郎は思った。このことを直之進さんに知らせなければいけないよ。

「依知川さん、ありがとうございました」

「礼などいらぬ。どういうことなのか、俺にもさっぱりわからぬ。力になれなかったようだが、富士太郎、こんなことでよいのか」

「力になれなかったなんてことは、決してありませんよ。掏摸が入牢していないということがわかっただけでも、前進ですからね」

「ふむ、いかにも富士太郎らしい言葉だ。だが、ちと気になるゆえ、俺も調べてみることにする。なにか出てきたら、必ず知らせよう」

「よろしくお願いします」

改めて礼をいい、富士太郎は賢介の前を辞した。急ぎ足で大門に向かう。

「待たせたね、珠吉」

大門の下にいた珠吉に、富士太郎は声をかけた。

「いえ、ちっとも待ってなんかいやせんぜ」

にこやかに笑い、珠吉が挨拶をしてくる。富士太郎も返したが、あまり気の入っていないものになった。

うん、と目を上げ、珠吉が富士太郎をじっと見る。

「旦那、どうかしやしたかい。血相が変わっていやすぜ」

なにがあったか、富士太郎は珠吉に語って聞かせた。

「なんですって」

啞然として珠吉もそれ以上、声がない。ようやく我に返ったように話し出す。

「いったいどういうことでしょう。湯瀬さまが捕らえたとおっしゃるなら、まちがいなくその掏摸は捕まったはずなのに」

「それが牢屋敷にも、番所内の牢屋にもいないっていうんだからね。——珠吉、すぐにこのことを直之進さんに知らせなきゃいけないよ」

「承知しやした」

「いま直之進さんはどこにいらっしゃるかな。長屋にはいないだろうね。とりあえず米田屋さんに行ってみようか」

「それがいいでしょうね」

燦々《さんさん》と降り注ぐ陽射しの中を、富士太郎は珠吉とともに小日向東古川町へ急ぎ足で向かった。


米田屋に直之進はいなかった。

おきくを米田屋に送ってきたあと、そのまま探索に出たとのことだ。

直之進さんの性格なら、と富士太郎は思った。そういうことになるだろうね。

おきくは、米田屋を出た直之進がどこに向かったか、知らないそうだ。

「おきくちゃん、昨日おいらが直之進さんから頼まれたことなんだけど、覚えているかい」

富士太郎はおきくにきいた。

「はい、よく覚えています。白鬚の渡し場近くで捕らえた掏摸のことですね。直之進さんは、富士太郎さんにその掏摸から話をきいてほしいと頼んでいました」

「うん、その件で、直之進さんが帰ってきたら伝えてほしいことがあるんだ。その掏摸なんだけど、牢屋敷にも番所内の牢屋にも入っていなかったって」

「えっ、そうなのですか」

おきくも目を丸くしている。

「実はそうなんだよ。牢屋に入っていないのはもうまちがいないんだ。どういうことか、おいらにもさっぱりわけがわからないんだ」

「解き放たれたということは」

「それもないんだよ。入ったという記録がないから、解き放つもなにもないそうだ」

おきくが形のよい眉を曇らせる。人妻だが、今の流行《はや》りで眉は落としていない。

「不思議なことがあるものですね」

「ほんと、不思議でならないよ」

なにかいやな思いが富士太郎の胸に兆《きざ》している。だが、おきくを不安にさせるのは本意ではなく、富士太郎は黙っていた。

「じゃあ、おきくちゃん、行くね。もしおいらたちが直之進さんと会ったら、さっきの件はちゃんと伝えておくから」

「承知しました」

おきくにうなずいて、富士太郎は珠吉とともに米田屋を出た。

「珠吉、これから掏摸のことを調べに向島に行きたいね」

「ええ、さいですね。どういうことなのか、解き明かしたいですね」

横に立つ珠吉が力強い賛意をあらわす。

「でも珠吉、ここはこらえるしかないね。今のおいらたちは、高久屋岡右衛門をお縄にするための証拠をつかみ、八十吉の無念を晴らすことが、いちばん大事なことなんだからね」

「あっしもそう思いやす。――それで旦那、これからどうしやす」

「八十吉の害された場所を探すよ。今日こそは必ず見つけ出してみせるよ」

「旦那、その意気ですぜ」

うなずき合って、富士太郎と珠吉はまず江戸川沿いに出た。

「江戸川の右岸にしますか、左岸にしますか」

「昨日は左岸だったね。でも中途で終わったから、今日も左岸だよ」

すぐそばにある名もない短い橋を渡り、富士太郎たちは左岸に移った。

八十吉の死骸が見つかったのは、関口水道町である。関口水道町より上流のどこかで指を切られたのではないか、とにらんで、富士太郎たちは上流にある町を主に聞き込んでいた。

だが、八十吉は簀巻《すまき》にされていたわけではない。しかも、江戸川に放り込まれてからも、しばらくは生きていた形跡があるのだ。

関口水道町よりも下流で害され、八十吉が上流に向かって必死に泳いでいったことも考慮に入れなければならない。

富士太郎と珠吉は、小日向水道町で聞き込みをはじめた。

出会う者すべてに話を聞いてゆく。

相変わらず手応えのある話はまったく耳に入ってこない。だが、決してめげることなく富士太郎と珠吉は、聞き込みを続行した。

――それにしても。

一軒の八百屋《やおや》に入り込み、そこの女房に話しかけながら富士太郎は思った。岡右衛門のもとを追われた八十吉は、半年ものあいだどこでなにをしていたんだろう。江戸を出なかったのだけは、まちがいないだろうね。

高久屋を追われたその半年後に、八十吉は岡右衛門に殺された。放逐されたときには殺されず、半年後に命を奪われたのだ。

やはり、と富士太郎は思った。八十吉はその半年のあいだに、岡右衛門の逆鱗に触れるなにかをしたんだろうね。

——八十吉はなにをしたのか。

八百屋を出て、富士太郎はさらに考えを進めた。

——ああ、そうか。なんで今まで気づかなかったんだろう。

富士太郎は自分の頭を殴りつけたくなった。

そうだよ、昨日、おいらは直之進さんに会って、今も岡右衛門は東島屋を狙っているはず、と話したばかりだよ。意趣返しを考えていた八十吉は、岡右衛門の仕事の邪魔をしようと考えたに決まっているよ。どうして今まで気づかなかったのかね。

高久屋岡右衛門はこれまで膨大なときをかけて、東島屋の金蔵からあらいざらい金をかっさらう準備を怠りなくしてきたはずだ。

それを台無しにする策を、八十吉がもし練っていたとしたら。

どんな策か――。

岡右衛門が仕事にかかる前に、八十吉が先に東島屋に忍び込んで、金を盗み取ること以外、富士太郎には考えられない。

それをうつつにするためには、なにをすべきか。八十吉は、東島屋の金蔵の錠前を、まずは詳しく調べたのではないか。

どんな錠前がついているか知らない限り、金蔵を破ることなどできようはずもないからだ。富士太郎がその目で見た東島屋の錠前は、金蔵の前に立っていきなり開けることができるほど、ちゃちなものではなかった。

東島屋の錠前は、あるじの又蔵によれば、老舗の錠前屋である青葉屋で特別にあつらえた物とのことだった。

青葉屋が二度と同じ物をつくるわけがないが、その店の錠前を手に入れて中身をばらして見れば、青葉屋の錠前づくりの特徴が見えてくるのではあるまいか。

そうだよ、まちがいないよ。きっと八十吉は青葉屋に行き、錠前を手に入れたにちがいないよ。

「珠吉――」

　後ろを振り返り、富士太郎は呼んだ。

「ちょっと手立てを変えるよ」

「旦那、急にどうしたんですかい。手立てを変えるってなんですかい」

「やっぱりおいらは直之進さんに会わないと駄目ってことさ。直之進さんの顔を見ないと、頭がうまく働いてくれないってことだよ」

「えっ、旦那、いったいなにをいっているんですかい」

「とにかく直之進さんに会ったから、おいらの頭はしっかりと働きはじめたってことだよ。よし、珠吉、今から青葉屋に行くよ」

「えっ、青葉屋ですかい。ああ、老舗の錠前屋ですね」

「あの錠前屋はどこの町にあったかな」

「あれは、確か白山前町でやすね」

「うん、そうだ。珠吉は覚えがいいね」

「旦那の魂胆《こんたん》はわかっているんですぜ」

「えっ、魂胆だって。なんのことだい」

「とぼけなくたっていいんですよ、旦那」

「おいらは、とぼけてなんかいないよ」

「旦那は、あっしを試したんでしょう。あっしが耄碌《もうろく》してないか」

「馬鹿をいっちゃあいけないよ。おいらが珠吉に、そんな無礼な真似をするわけないじゃないか」

「まあ、そりゃそうですねえ」

「おいらは珠吉に、耄碌しないように思い出してもらったんだよ」

「なんだ、似たようなもんじゃないですか」

「耄碌してるか試すのと、耄碌を防ぐのとじゃ、全然意味合いがちがうと思うよ」

「さいですかねえ」

「とにかく珠吉、行くよ」

「へい、わかりやした」

道を東に取り、富士太郎と珠吉は白山前町に向かった。

目をみはった。

「珠吉、あそこに立っているのは直之進さんじゃないかい」

足早に歩を進めつつ、富士太郎は半町ばかり先を指さした。富士太郎の横に出てきた珠吉が、前方に目を凝らす。

「ああ、まちがいありやせんよ。湯瀬さまはどうやら青葉屋の前にいらっしゃるようでやすね。湯瀬さまは、とうにあっしらにお気づきになっていやすね」

「剣客だからね、人よりずっと目ざといのさ」

「でもちょうどよかったですね、湯瀬さまにお目にかかれて」

「まったくだよ。掏摸の件をじかに話せるものね。掏摸の話を聞いたら、直之進さん、びっくりするだろうなあ」

「さいでしょうね。捕らえた掏摸が牢屋敷にいないなんて、誰も思いやしませんからね」

足を急がせた富士太郎と珠吉は、青葉屋の前までやってきた。

「富士太郎さん、珠吉」

快活な声を発して、直之進が笑顔になる。

「またお会いしましたね。うれしいですよ。直之進さんも、青葉屋に話を聞きにいらっしゃったんですか」

「富士太郎さんたちもそうなのだな」

「殺される前に八十吉がこの店に来たのではないか、と考えましてね。もちろん、岡右衛門もやってきたんでしょうが」

「俺も同じ考えだ。よし、富士太郎さん、珠吉、中に入るか」

「その前に直之進さん、ちょっとよろしいですか」

直之進を制するように、富士太郎は右手を上げた。直之進をいざない、青葉屋の横の路地に入り込む。

富士太郎は直之進と相対した。

「どうした。なにかあったのか」

不思議そうに直之進がきいてきた。

「実は、昨日の掏摸の一件なんですが」

「ああ、もう調べてくれたのだな。富士太郎さん、掏摸に会えたのか」

「いえ、会っていません。会うもなにも、直之進さんが捕らえた掏摸は、入牢していなかったんですよ」

「えっ、どういうことだ。牢に入る前に赦免《しゃめん》になったのか」

眉根を寄せて直之進がきく。

「いえ、赦免にもなっていません。どうやら番所に連れてこられていないようなのです」

「それがしにもなにがあったのか、さっぱりでして。結局なにもわかっていないのですよ」

今朝、吟味役同心に会い、直之進が捕らえた掏摸のことを調べてほしいと頼んだことを富士太郎は語った。

「あの掏摸の男、牢に入った形跡がないのか」

聞き終えた直之進が、信じられぬという顔でつぶやく。

「ここに来る途中、それがしもいろいろ考えたのですよ。番所に連れていかれる前に、掏摸が隙を見て逃げ出したのか。それとも、渡し場の番人が掏摸を番所に連れていかなかったか」

「もう一つ考えられる。渡し場の番人はもともと番屋の者ではなかった」

直之進が宙を見つめている。そのときの情景を間近に引き寄せているようだ。

「渡し場の番屋の者のふりをして、直之進さんに近づいてきたというのですね」

「そういうことだ。いわれてみれば、財布を掏られた古笹屋が、渡し場の番人です、といっただけで、俺は確かめもしなかった。くそう、やられたな」

直之進が悔しげに唇を噛んでいる。

「あとで白鬚の渡しに行ってみることにしよう。あの番人が掏摸の一味だったとしたら、もはやあの場所にいるはずもないが、なにか証拠となるものを残しているかもしれぬ」

徹底して調べてやる、との思いが直之進の面に刻み込まれている。

「行ってみるのは、よいことでしょう。――直之進さん、今は掏摸のことは措いておいて、青葉屋で話を聞きましょうか」

「そうだな。いま掏摸のことを話し合っても、前に進むことはできぬ」

富士太郎たちは三人で路地を出、青葉屋の地味な暖簾を払った。

「失礼するよ」

戸を横に引いて富士太郎は直之進を先に入れようとしたが、直之進はかぶりを振って断った。では、といって先に富士太郎が狭い土間に入り、直之進と珠吉が後ろに続いた。

土間には上がり框がしつらえられ、その先は十畳ほどの座敷になっていた。左手の板戸の奥では、何人かの職人が机を前に仕事をしていた。

「あっ、これは樺山の旦那」

座敷に最も近い場所にいた男が立ち上がり、富士太郎たちの前にやってきた。両膝をついて丁重《ていちょう》に挨拶する。

この店のあるじの耕右衛門《こうえもん》である。

迂闊《うかつ》だったねえ、と富士太郎は耕右衛門の顔を見て思った。この店には盗人による事件が起きると、錠前のことを聞きによく来ていたのだ。

それなのに今回に限って、この店に来ようという気にならなかった。

どうかしているねえ。やはり直之進さんに長く会っていなかったことが理由なのかねえ。

首にかけていた手ぬぐいを、耕右衛門が気づいて取った。

「耕右衛門さん、忙しいところをすまないね」

「いえ、大して忙しくもないんで」

耕右衛門が口元に柔和な笑みを浮かべた。

「ところであの板戸さ、開けておいてもかまわないのかい」

えっ、と耕右衛門が振り返った。すぐに笑顔になった。

「ああ、錠前をつくるところが丸見えだとおっしゃりたいんですね」

「仕掛けが外に漏れてしまうんじゃないかい」

「あの部屋でつくるのは、特別あつらえではないものですから。——そちらで売っているもので、秘密もなにもないのですよ」

耕右衛門が指し示したほうを見ると、座敷の壁際に大きな棚が設けられていた。棚には、十種類ほどの錠前が置かれていた。大小さまざまあり、最も大きいのは大人の頭ほどもあった。

錠前の棚から目を離し、富士太郎は懐から一枚の人相書を取り出した。それを耕右衛門に手渡す。

「この男は八十吉というんだ。耕右衛門さん、見覚えはないかい」

「はい、ございます。うちに見えたことがございます」

人相書をじっと見て耕右衛門が答えた。

やはりそうか、と富士太郎は拳をぎゅっと握り込んだ。富士太郎の横で、直之進も深くうなずいている。

「八十吉はいつ来たんだい」

うーん、とうなって耕右衛門が思い出そうとする。

「二月《ふたつき》ばかり前のことですね」

「けっこう前だね。八十吉は名乗ったかい」

「ええ、名乗られましたよ。八十吉さんではありませんでしたけど。確か、九《きゅう》兵衛《べえ》さんとおっしゃいましたよ」

八十吉が使いそうな偽名だね、と富士太郎は思った。八の次は九かい。

「八十吉は錠前を頼みに来たのかい」

「さようで。特別あつらえの錠前を注文されました」

「その錠前は、もうできたのかい」

「半月ばかり前に。九兵衛さん、いえ、八十吉さんはお受け取りになりました」

「半月ばかり前か。つくるのに、ずいぶんとかかるんだね。注文してからひと月半というところだね」

ええ、と耕右衛門が顎を引く。

「特別あつらえになりますと、どうしてもそのくらいはかかります」

やはりそうだったね、と富士太郎は思った。手に入れた青葉屋の錠前をばらして中をじっくりと見、どんな造りになっているか、八十吉は知ったんだろうね。腕のいい錠前師が見れば、どんなに難しい造りになっていようと、必ず開けられるようになるにちがいないよ。

——ああ、そうか。八十吉は青葉屋に出入りしているところを、岡右衛門に見られたのかもしれないねえ。それで狙いを読まれてしまったのではないかな。

そこまで考えて、富士太郎は顔を上げた。

「八十吉は特別あつらえの錠前を頼む理由をいっていたかい」

「なんでも、人にいえないお宝をお持ちとかで、それを守るために頑丈で決して破れない錠前が必要だと」

「人にいえないお宝か」

それはただの口実に過ぎないだろう。

「八十吉の注文した特別あつらえの錠前は、さぞ高いんだろうね」

「ええ、十五両いたします」

「十五両かい。そいつはすごいね。けれど、なにものにも代えがたい大切な物を奪われるくらいなら、きっと安い買い物といえるんだろうね」

「さようにございましょう。特別あつらえの錠前でしたら、まず破られることはございません。うち独自の工夫がいくつも凝らされていますので」

「へえ、独自の工夫か」

「ええ、あの錠前を入れさせていただいた商家は、これまでにたった三軒だけでございます」

耕右衛門が誇らしげに胸を張る。

「そのうちの一軒が東島屋かい」

「えっ」

いきなりいわれて、耕右衛門が面食らう。ごくりと喉仏を上下させた。

「よくご存じで」

「まあ、いろいろと調べるのがおいらたちの役目だからね。耕右衛門さん、特別あつらえの錠前を卸したという、あとの二軒も教えてくれるかい」

「は、はい。承知いたしました」

戸惑いながらも耕右衛門が口にしたのは、井幡屋《いばたや》という米問屋と、油問屋の大店若藤屋《わかふじや》だ。どちらも、大金を貯め込んでいるという評判の店である。

岡右衛門の本当の狙いが、この二軒のいずれかということはないか、と富士太郎は考えた。もちろん十分に考えられる。

井幡屋も若藤屋も、富士太郎の縄張内にある。

店構えや立地、建物の配置、どんな奉公人がいるかなど、いま一度あらためて見ておく必要があるかもしれない。

でも、今は東島屋を岡右衛門が狙っているという前提で、いろいろと考えてゆくことにしよう。

八十吉が青葉屋に錠前を注文したことが岡右衛門に知られたとして、岡右衛門はどうやってそのことを知ったのだろう。

この店を張っていたのか。いや、いくらなんでもそこまではしないのではないか。

もしや、と富士太郎は首をひねった。青葉屋に岡右衛門の息のかかった者がいるのか。

ごほん、と富士太郎は咳払いした。

「この店の奉公人は江戸の者かい」

唐突な問いに感じたらしく、耕右衛門がわずかに目をみはった。

「江戸の者は一人もおりません。もともと、この店は京よりの出店でございます。ですので、ここで働いている者はすべて上方《かみがた》の者でございます。いずれも、身元のしっかりした者ばかりでございます」

「では、よこしまな考えを抱くような者は、一人もいないということだね」

「さようにございます」

自信たっぷりに耕右衛門が断言する。

「それならば錠前を注文するほうも安心だね」

「この手の商売は特に信用が大事でございます。一度失った信用は、すぐには取り戻せません。ですので、身元は徹底して調べてから、採用しております」

「それはすばらしいことだね」

相槌を打ちながら、もしかすると、と富士太郎は思った。はなから八十吉の居場所は岡右衛門に知れていたのかもしれないね。

居場所を知っていて岡右衛門は、八十吉を泳がせていただけかもしれない。もちろん監視をつけた上で。

「ところで耕右衛門さん、おまえさん、高久屋のことは知っているね」

「ええ、もちろん。同業者ですから」

「あるじの岡右衛門も知っているね」

「同業の寄合で顔を合わせますので」

「岡右衛門がこの店に来たことはあるかい」

額にしわをつくって耕右衛門が考え込む。

「いえ、見えたことはないと思います」

そうだろうね、と富士太郎は思った。なにをしに来ようが、どんな錠前を商売敵がつくっているか、探りに来たとしか思われないだろう。

「最近、八十吉以外で特別あつらえの錠前を注文した者はいないかい」

富士太郎は新たな問いを発した。

「十五両もする錠前ではありませんが、十両の錠前を注文された方がいらっしゃいます」

「それは誰だい」

「横道屋《よこみちや》という商家のご主人でした。名は権兵衛《ごんべえ》さんとおっしゃいました」

これは名無しの権兵衛のもじりかな、と富士太郎は思った。しかも横道という言葉には、道を外れるという意味がある。

皮肉の意を込めて、岡右衛門は横道屋権兵衛などというふざけた名を、配下に使わせたのではないだろうか。

「横道屋権兵衛というのは、おまえさんの知っている者ではないようだね」

「初めてのお客でした」

おそらく岡右衛門の差し向けた配下だったのだろう。耕右衛門も岡右衛門の顔は知っていても、高久屋の奉公人の顔までは知らないはずだ。

「横道屋がその錠前を注文したのはいつのことだい」

「二月《ふたつき》半ほど前だと思います」

「では、もう横道屋は錠前を受け取っているんだね」

「さようにございます」

その錠前を岡右衛門は徹底して調べ上げたにちがいない。十五両の最高級品ではなく、それよりもやや値が劣る錠前を注文するところが、いかにも岡右衛門らしい気がした。

人物がせこくできているんだろうね。

「耕右衛門さん、おまえさんは八十吉が高久屋の元奉公人だったことを知らないんだね」

「えっ、そうだったのですか」

さすがに耕右衛門が驚いてきき返す。

「うん。どうも岡右衛門に放逐されたらしいんだけどね」

「放逐……。さようでしたか」

富士太郎にはこれ以上、耕右衛門に聞くべきことが思いつかなかった。横にいる直之進に目をやる。

富士太郎が話しているあいだ、直之進は一言も口を挟まず黙っていた。

「直之進さん、青葉屋さんになにか聞きたいことはありますか」

「いや、ない。富士太郎さんが俺の知りたいことはすべてきいてくれたゆえ」

「さようですか。ならば、もうよろしいですか」

「うむ、けっこうだ」

富士太郎は耕右衛門に顔を向けた。耕右衛門は直之進を見つめている。このお侍はいったい何者だろう、という顔をしていた。

「耕右衛門さん、忙しいところ、すまなかったね。これで終わりだ。仕事に戻ってくれていいよ」

「ああ、さようですか」

肩が凝ったのか、耕右衛門が首筋をぐいっともんだ。

「では、これでね。ありがとう」

直之進と珠吉をうながし、富士太郎は外に出た。

「しかし、ここでかち合うとは驚いたな」

さわやかな風を深く吸い込みつつ、直之進がいった。

「まったくですね。でも、さすが直之進さんですよ。それがしたちより早く着いていらっしゃるんですから」

「まったくですよ」

感心したように珠吉が同意する。

「今から番所の同心になっても、十分にやれますよ」

「ならば、同心株でも買うか」

同心株の相場は二百両といわれている。

「むろん冗談だ。俺にその気はない。富士太郎さんたちには悪いが、上役を持つような仕事には二度と就《つ》きたくない」

「さようですか。お気持ちはわからないでもないですね」

富士太郎さん、と直之進が呼びかけてきた。

「掏摸の事情を詳しく知りたくなったとき、これぞという者はおらぬかな。富士太郎さんに心当たりはないか」

直之進にきかれて、富士太郎はすぐさま答えた。

「糴吉という掏摸の元締《もとじめ》がいます。その男がいいと思いますね。歳は四十を超えたくらいのはずですけど、もう六十いくつに見える男ですよ」

「そうか。その糴吉の住みかはどこだろう」

「小石川陸尺《ろくしゃく》町《まち》です。昼でも薄暗い路地の先の、立派な格子戸がついている家です」

「小石川陸尺町か」

「おわかりになりますか」

ふふ、と直之進が富士太郎を見て笑った。

「富士太郎さん、そう馬鹿にしたものではないぞ。俺も江戸に来て三年たった。道もずいぶんと覚えてきた。小石川陸尺町なら、道を聞かずとも行けるだろう。確か伝通院の門前に広がる町ではないか」

「おっしゃる通りです。櫂吉たちは伝通院に参詣《さんけい》に来る者たちを食い物にしている悪いやつらです。直之進さん、これから櫂吉の家に行かれるのですか」

そのつもりだ、と直之進が答えた。

「向島に行く気でいたが、掏摸についてなにも知らぬことに気づいた。前もって知っておくほうが探索に役立とう」

「おっしゃる通りでしょうね」

このあたりはさすがに直之進さんだ。探索の手順を熟知している。

「富士太郎さん、珠吉。八十吉殺しの探索を手伝うといった舌の根も乾かぬうちにこんなことになり、まことに申し訳ない」

「いえ、いいのですよ。捕らえた掏摸が入牢していないのがわかったとき、直之進さんが掏摸のほうに向かわれるのはわかっていましたから」

「富士太郎さん、珠吉、かたじけない。この通りだ」

直之進が深く頭を下げる。

「直之進さん。顔をお上げください」

富士太郎はあわてていった。

「では、櫂吉という掏摸の元締の家にまいる。——富士太郎さん、珠吉、また」

右手を上げた直之進が、南に向かって歩き出した。

富士太郎と珠吉は、直之進の姿が見えなくなるまで見送った。

ああ、行っちゃった。でもいいさ。またすぐに会えるよ。

寂しさが込み上げてきたが、富士太郎は自らにいい聞かせることで、それに耐えた。

三

おるんの家の前をまたも通った。

だが先ほどと変わらず、今もひっそりとして、人の気配は感じられない。おるんはまだ寝ているのかもしれない。

——よかった、会わずにすんだ。

通り過ぎながら直之進は胸をなで下ろした。

それにしてもいったいどういうことなのか。

掏摸のことを思い出し、直之進はうならざるを得ない。あの小柄な掏摸が町奉行所に引っ立てられていないという事実に、強い衝撃を受けている。

考えられるのは、やはり白鬚の渡し場の番屋の男だろう。あの男が掏摸の一味だったと考えるのが一番自然だ。

確か向島は、富士太郎たち町奉行所の定廻りは見廻りを行っていないはずだ。墨引《すみびき》外だから、町奉行所の管轄ではないのだ。

もし掏摸などの犯罪者が捕らわれるとしたら、定廻り以外の者に捕まることになる。騙すのはたやすいだろう。

最悪の場合を常に想定し、あの掏摸の連中は仲間を必ず救える態勢をつくっているのではあるまいか。

あのときは白鬚の渡しのそばで仕事をしたから、助け役の男は番屋の番人を演じたのだろう。

――くそう、やられたな。

陸尺町に向かって歩を進めつつ、直之進は顔をゆがめた。

あの掏摸の者どもは白鬚の渡し場近くに、少なくとも、三人の男を用意していたことになる。

古笹屋から財布を掏った若い男、直之進が捕らえた小柄な男、番屋の番人を演じた男。

もしかしたら三人ではすまないかもしれない。ほかにも、すべてを俯瞰《ふかん》できる場所から、まとめ役の者が見張っていたかもしれない。

それだけの人数をかけたということは、やはり狙いは、古笹屋の財布に入っていた証文だろうか。

古笹屋に行ってあるじの民之助《たみのすけ》に会い、財布に入っていた証文がどんなものか、確かめるべきだろうか。

薬種問屋の古笹屋は本郷《ほんごう》二丁目にある。そう遠くはない。

「おっ、湯瀬どのではござらぬか」

目の前の辻を曲がってきた者に、直之進は不意に名を呼ばれた。

その男と連れの者を目の当たりにして、直之進は愕然とした。

「――これは佐賀《さが》どの」

立ち止まった佐賀大左衛門《だいざえもん》は、にこにこしている。

大左衛門の連れは、いま直之進が頭に描いていた古笹屋のあるじ民之助その人だった。

噂をすれば影が差す、というが、まさしくその通りだな、と直之進は感じた。

民之助には二人の供がついていた。店の奉公人のようだ。単身で向島を歩いていて掏摸に狙われた反省から、供を連れ歩くようにしたのだろう。

「なんとすばらしい。こんな偶然があるのでしょうか」

直之進を見て、民之助が感嘆の声を上げた。

「湯瀬さま、いまお忙しいですか」

「忙しいといえば忙しいな」

「恐縮でございますが、よろしければ今からうちにいらしてくださいませんか。お話ししたいことがございます」

そういえば、と直之進は思い出した。掏摸を見破った直之進の腕を見込んで、願い事があるようなことを民之助はいっていた。その件かもしれない。

「ちょうどよい。俺もおぬしに聞きたいことがあるのだ」

掏摸の元締の櫂吉の家に行くのは、後日ということでよいだろう。民之助の用事が早く終われば、今日中に行けるかもしれない。

「ほう、手前にお聞きになりたいことでございますか」

「うむ。だがそれは店で話そう」

「ならば、湯瀬どの、古笹屋どの、まいろうかな」

二十代半ばとは思えぬ大人然《たいじん》とした大左衛門が、直之進と民之助をいざなう。

うなずいて直之進は、大左衛門と肩を並べて歩きはじめた。

「あの、お二人はお知り合いだったのですか」

後ろを控えめに歩き出した民之助が、直之進と大左衛門にきいてくる。

うむ、と直之進はうなずいた。

「以前、とある刀剣商の店の前で佐賀どのとばったり会った。それが初めての出会いだったにもかかわらず、佐賀どのは俺にさる名刀を貸してくださったのだ。一面識もない者にそのような厚意をお見せくださり、俺は感涙にむせびそうになったものだ」

大左衛門は柔和に頬をゆるめている。民之助はじっと聞き入る風情だ。

「無事に用が終わり、俺は名刀を佐賀どのにお返ししたが、いまだにそのときの恩義は返しておらぬ。返そうにも、佐賀どのの住まいもわからなかった。――古笹屋どの、よければ佐賀どのがどのようなお方か、教えてもらえぬだろうか」

ちらりと民之助が大左衛門を見る。その眼差しを受けて、いつまでも隠すいわれもないと観念したか、大左衛門が小さく笑った。

「湯瀬さま、お許しが出ましたので、お話しいたしましょう」

うむ、と直之進は身構えるようにうなずいた。ついに佐賀大左衛門の正体が知れるのである。念願がかなうというものだ。

「佐賀さまは、別名愚川人《ぐせんじん》という号をお持ちでございまして、江都《こうと》一の通人とでも申しますか――」

変わった号だな、と直之進は思った。なにから取ったのだろう。

「佐賀さまは吉原に通い詰められる一方で、俳諧《はいかい》にも秀《ひい》でられ、刀剣の目利きでもございます。それだけでなく、漢方にも実に造詣《ぞうけい》が深くていらっしゃいます」

多才な人なのだな、と直之進はうらやましく思った。自分には、大左衛門の持つ才は一つもない。

――俺にあるのは剣のみだ。

「佐賀さまはもともと三千石の旗本の御曹司《おんぞうし》でいらっしゃいましたが、とうに家督はご次弟《じてい》に譲りなされて、今は悠々自適の御身。交友関係も大店のあるじからご公儀の要職についておられるお方まで、広範に及んでいらっしゃいます」

まことにすごい人だったのだな。直之進は舌を巻くしかない。

「佐賀どのと古笹屋どのは、どのような知り合いなのだ」

直之進は新たな問いを放った。

「手前は、俳諧が趣味でございましてね。その縁で、佐賀さまとお知り合いになることができました。いま手前は新しい薬を世に出そうとしているのでございますが、佐賀さまのご意見をうかがおうと思いまして、店へお連れしようとしていたところでございます」

「ほう、新しい薬をな。どのような薬か、きいてかまわぬか」

「湯瀬さまなら、お話ししてもかまわぬでしょう。お人柄からして口がお堅いのは、手前も承知しておりますので」

「いや、やはりやめておこう」

直之進はにこやかにかぶりを振った。

「人に話したくても話せぬのは、やはりつらいものがあるゆえ」

「ほう、さようでございますか。手前は話す気になっておりましたが」

そのようなことを語り合っているうちに、古笹屋に着いた。

「こちらでございます」

さすがに名だたる薬種問屋といってよいのだろう、店構えは堂々としたものだ。屋根に掲げられた扁額は風格が感じられ、建物の横に張り出した看板には、老舗らしい風合いが色濃く出ていた。

「この店はいつの創業かな」

掃除の行き届いた奥座敷に落ち着き、茶を喫して喉の渇きを潤した直之進は、民之助にたずねた。

「手前の祖父の代からでございますから、ずいぶんたちます。実は来年が七十周年にあいなります」

「やはり老舗なのだな」

「あたりには、江戸開闢《かいびゃく》の頃からの店も多うございます。うちなど、まだまだでございますよ」

開け放たれた縁側を抜けて、いい風が吹き込んでいる。蒸し暑さはほとんどない。甘みのある茶が実にうまく感じられた。

「それで湯瀬さま、お話とはどんなことでございましょう」

民之助が水を向けてきた。

「俺からでよいか」

「もちろんでございます」

茶をもう一口喫《きっ》し、直之進は湯飲みを茶托に戻した。

向島で掏摸を捕らえたあと下野に行ったこと、その途上で六人組に襲われたこと、捕らえた掏摸が入牢していなかったこと、掏摸の一味が狙ったのは金ではなく、民之助の財布に入っていた証文だったのではないかということなどを手短に語った。

「あの掏摸の狙いは、手前の証文だったと湯瀬さまはおっしゃいますか」

驚きの色を顔に貼りつけて民之助が問う。

「そうとしか考えられぬ」

「さようでございますか」

「証文のことも気になるがの、引っ捕らえた掏摸が入牢していないというのは、もっと気になるのう」

首を振り振り、大左衛門がうなった。

「おっしゃる通りです」

直之進は同意を示した。

「大勢を自在に操る力を有する者が、古笹屋の証文を狙ったのですな」

「さよう。看過《かんか》できることではありませぬ」

そういう直之進に目をやって、こほん、と民之助が空咳をした。

「白鬚神社でのあの騒ぎのあと、湯瀬さまは下野に出かけられたのでございますね。その途上、奥州街道で六人の者に襲われたと」

民之助が確認するようにいった。

「そうだ」

「それが、あの掏摸の報復ということでございますか……」

「僧侶の形《なり》をした者はそういった。証文を奪おうとしていたところを俺が邪魔したことになる。それがよほど腹に据えかねたのだろう。——古笹屋どの、差し支えなければ、その証文を見せてはもらえぬか」

いわれて民之助が困ったような顔をする。

「お目にかけたいのは山々なのでございますが、実はその証文はもう手元にないのでございます」

「というと」

「あれは為替手形《かわせてがた》で、支払いのために財布にしまっておいたのです」

「ああ、そうだったのか。もう支払ったのだな。額面をきいてもよいか」

遠慮なく直之進はたずねた。民之助がわずかに間を置いた。

「二千両でございます」

「なんと。――それほどの大金だったのか」

掏摸の一味が報復に出るのもわからぬではないな、と直之進は独りごちた。

「なにしろ買物が大きゅうございましたから」

「二千両でいったいなにを買われた」

「別邸でございます」

さらりとした口調で民之助が答えた。

「その別邸というのは、どこにあるのかな」

「向島でございます。以前から手前は、向島に別邸がほしいと思うておりました。商売をもっと大きくするためには、お大名の御典医や薬事奉行さまなど、薬事にたずさわる方々を接待しなければなりません。それには、風光明媚《ふうこうめいび》な向島は最良の場所でございましょう」

そういうことか、と直之進は思った。それならば、二千両もの大金が必要となるのも納得である。

「その別邸はどこから買い取った」

「稲葉屋《いなばや》さんという白粉屋《おしろいや》でございます」

「稲葉屋は信用できる店か」

「それはもう。百五十年近くも続いている老舗でございますから」

「稲葉屋はどこにある」

「根津《ねづ》権現門前町でございます。ここからですと、急ぎ足で行けば、四半刻ばかりでございましょうな」

そうか、と直之進はいった。

「あのとき二千両の為替手形を古笹屋どのが持ち歩いていたのは、支払いのためだったのか。あの日、稲葉屋側に二千両を払うつもりだったのだな」

「さようにございます。ですので、もし掏られたまま為替手形が戻らなかったら、とんでもないことになっておりました」

それはそうだろうな、と直之進は思った。おそらくあの掏摸の一味は、民之助が二千両もの為替手形を財布に入れていることを知っていたのだろう。

それを奪い、両替商で現金に換えようとしたのではないか。

為替手形を発行するのは両替商である。懇意にしている両替商に民之助が二千両を預け入れ、その分の為替手形を発行してもらう。大量の現金を持ち運ぶのは大変だからだ。

もし向島で為替手形を奪われていたらどうなっていただろう、と直之進は考えた。奪われた旨を、民之助としてはすぐさま両替商に届け出なければならない。だが、届け出る前に稲葉屋の名で換金されてしまっていたら、民之助としてはどうすることもできない。

町奉行所に届け出れば、役人は懸命に探索してくれるだろう。だが、二千両が戻ってくることはまずない。

「古笹屋どの、二千両で手に入れた別邸の沽券状《こけん》を見せてもらえぬか」

民之助を見つめて直之進は申し出た。

「お安い御用にございます」

いったん座敷から姿を消した民之助がすぐに戻ってきた。

「こちらにございます」

畳に置いた風呂敷包みを、民之助が開いてみせる。中には木の箱が入っていた。黒の打ち紐を民之助が解き、箱の蓋を開ける。

一通の書状がおさめられていた。

「ご覧ください」

手にした書状を民之助が差し出してきた。一礼してから直之進は手に取った。書状に目を落とす。

土地家屋の明細のほか、売買代金も記されている。売主の稲葉屋伸左衛門《しんざえもん》や寺島村《じまむら》の村名主や村役人の署名連判がなされている。

今の持ち主の名は、当然のことながら古笹屋民之助になっている。

これはまちがいないものだな、と沽券状をつぶさに見て直之進は思った。

ということは、六人の男が奥州街道で俺を襲ってきたのは、僧侶の形をした男のいった通り、二千両をふいにされたことへの意趣返しと考えてよいのだろう。

二千両の儲けを無にされたら、俺だって腹が煮えてならぬ。それが時をかけてじっくりと練った策だったとしたら、なおさらだ。

またやつらは俺を襲ってくるだろうか。

今のところ、直之進の身の回りは平穏といっていい。だが、決して気をゆるめぬほうがよかろう。

「稲葉屋という白粉屋は、なにゆえ別邸を手放したのだ」

「こたびの取引のために手前は何度か稲葉屋さんに足を運ばせていただきました。お店はずいぶんと繁盛している様子でございました。ですので、お金に窮してということではありませんでしょう」

　ふむ、と直之進は首を縦に動かした。

「ただ、稲葉屋さんの先代が亡くなって以来、店の人たちはあまり別邸に行くこともなくなったそうでございます。それで、今が売り時と判断されたようでございます」

「うむ、おぬしの話はよくわかった」

　自分が掏摸の一味に襲われた事情を解した直之進は、すっと居住まいを正した。民之助を見つめる。

「今度はおぬしの番だ。それで、俺に話というのはなんだ」

「湯瀬さまにはすでに見当はおつきかと思いますが、手前の用心棒をお願いしたいのでございます」

　やはりそうだったか、と直之進は思った。

「なにゆえ用心棒を頼みたいのかな」

実は、と民之助がいった。

「以前より、妙な目を感じてならないのでございます」

「今も目を感じるのか」

「さようにございます」

顔に憂《うれ》いの色をたたえて民之助がうなずく。

「白髭神社での一件のあとも、目を感じております。何者かにつけられていると思うことも、しばしばでございます」

こういうことがあるからこそ、民之助は二人の奉公人を供につけはじめたのだろう。

「古笹屋どのには、また大きな買物の予定でもあるのかな」

「いえ、そのような予定はございません」

滅相もないというふうに、民之助が大きくかぶりを振った。

「なにしろ二千両もの大金を支払ったあとでございます。これから何年も大きな買物などできるものではございません」

それはそうだろうな、と直之進は思った。いくら繁盛している薬種問屋だろうと、大金が湧き出してくるわけではない。金を稼ぐというのは、容易なことではないのだ。

「湯瀬どの、いかがかな。古笹屋どのを守ってもらえぬか」

それまで黙っていた大左衛門が口を開いた。大左衛門の言葉だから、直之進としては諾《だく》、と即答したかった。

だが、とりあえず直之進は保留した。いま民之助の用心棒をつとめるとなれば、自らの動きを封ずることになる。それは避けたい。だが、無下に断ることもできない。

「一人、用心棒としてそれがしよりもずっと頼りになる者がおります。それがしは、その者を推挙したいが、いかがか」

「その者の名は」

大左衛門がきいてきた。

「倉田佐之助といいます」

「倉田佐之助どの……」

大左衛門が、その名を嚙み締めるようにいった。

大左衛門と民之助の見送りを受けて、直之進は古笹屋の外に出た。

日の長い時季とはいえ、あたりにはすでに夕刻の気配が漂っていた。

第三章

一

厚い雲が覆っている。

雨が降り出すかもしれない。

でも、と歩きながら富士太郎は思った。番所まではきっと保つだろう。保ってくれるはずさ。おいらは運がいいんだからね。

後ろを振り返り、富士太郎は智代の姿を捜した。

いつものように門の際に立ち、富士太郎を見送っている。そこに可憐な花が咲いているように見える。

それがうれしくて、富士太郎は小さく手を振った。智代も、それとわかる程度に振り返してきた。

それだけで富士太郎の心は満たされた。直之進さんもいいけど、今のおいらにはやっぱり智ちゃんだねえ。なにものにも代えがたい宝物だよ。

後ろ髪を引かれるようだったが、いつまでも智代を見てはいられない。目を離し、富士太郎は前を見た。

富士太郎のまわりには、これから町奉行所に出仕しようとする者たちの姿がちらほらと見える。こんな早くに屋敷を出てくるのは、やはり若い者がほとんどだ。古強者《ふるつわもの》はゆっくりと出仕する。

空を見上げ、まだ雨が落ちてこないことを富士太郎は確かめた。

今日は、蓑《みの》を着込んで仕事することになるかもしれない。ああ、いやだねえ。

富士太郎は雨が嫌いである。気持ちが鬱々となるからだ。

心が暗然とするさまは、まるで岡右衛門に一杯食わされたときのようだ。

岡右衛門め。今も、のうのうと暮らしているんだね。許さないからね。もしまたおいらを引っかけようとしても、今度はうまくいかないよ。おまえを地獄に突き落としてやるからね。

そう、おいらはやつの策に引っかかっちまったんだよね。悔しいね。

——おや。

なにかが心に引っかかっている。なんだろう。眉根を寄せ、富士太郎は考え込んだ。

――えっ、ああ、そういうことか。でも、おいらのこの考えはあまりに突飛じゃないかい。だってそんなことがあるものなのかね。

富士太郎はうなりそうになった。

しかし、あり得ないとはいいきれないねえ。

岡右衛門一味は、と富士太郎はこの前のしくじりをじっくりと思い起こした。あの新月の晩、東島屋に盗みに向かうと見せかけて、料亭の満浪途で飲み食いしただけで高久屋に引き上げていった。

なぜおいらたちは、岡右衛門に空振りを食らわされたのか。

今まで富士太郎は、蕎麦屋の文助での張り込みが岡右衛門に知られていたゆえではないか、となんとなく思っていた。犯罪者特有の勘の鋭さに見抜かれたと考えていたのだ。

だが、もしやちがうのではあるまいか。文助での張り込みは今も興吉たちが続けているが、それは岡右衛門たちを牽制する意味も込めて行っている。

むろん、岡右衛門が張り込みに気づいているという前提があってのものだ。

だが、岡右衛門たちが事前に別の経路から町奉行所の手配りを知っていたとしたら——。

——町奉行所内に内通者がいるのか。

今になってそんなことに思いが至るなど、定廻り同心としてどうかしていると思う。なにゆえ空振りを食らわされたか、しっかりとした検証を怠ったから、こんなことになったのだ。

だがもし内通者がいるというのが事実なら、と富士太郎は思った。容易ならざる事態としかいいようがない。

——裏切り者が町奉行所内にいる。

富士太郎の歩調は自然に速くなった。一刻も早く町奉行所に行かなければならない。

裏切り者は、岡右衛門の息のかかった者ということになる。

——それはいったい誰なのか。

町奉行所の大門が見えてきた。

大門下に設けられている出入口を抜け、富士太郎は詰所に入った。落ち着かない気分で掃除をし、書類仕事をこなした。

出仕してきた先輩同心に、自分の推測を話そうかと思ったが、今はまだやめておいた。先輩同心に疑いを抱いたからではない。この推測が奉行所内に広がることを恐れたからだ。内通者の耳に入れたくはない。

内通者のしっぽをつかむまではこの推測は胸に秘しておこう、と富士太郎は決意した。むろん、珠吉は別である。

普段と変わらない様子を心がけて先輩同心と雑談し、茶を喫してから、見回りに行ってきます、といって富士太郎は同心詰所を出た。

蓑を着ていくか迷ったが、やめておこう、と思った。おいらの探索中に雨は降らないよ。

大門の下には、いつものように珠吉の姿があった。この忠実な中間の顔を見ると、富士太郎は心が和《なご》む。

明るく朝の挨拶をしてきた珠吉が、富士太郎を見て顔を曇らせた。

「どうしやした、旦那。浮かない顔をしていやすね」

「うん、ちょっとあってさ」

「なんですかい、なにがあったんですかい」

「それがさ——」

富士太郎はいいよどんだ。

「どうしたんですかい、旦那。旦那らしくありやせんぜ」

「まあ、そうだよね」

そのとき、ふと横合いに人の気配を感じたように思い、むう、と富士太郎は声を漏らした。なにか妙だね。顔を上げ、富士太郎は大門の陰を見やった。そちらに人がいるような気がしてならない。

足を進めてのぞき込むと、例繰方《れいくりかた》同心の羽佐間《はざま》壱《いち》ノ進《しん》がしゃがみ込んでいた。

「羽佐間さん、どうなさいました」

「おう、富士太郎ではないか。驚いたぞ」

ぬっと顔を突き出した富士太郎を見て、壱ノ進が大仰《おおぎょう》な驚き方をした。わずかに腰が浮いている。

「羽佐間さん、どうかされたのですか」

富士太郎は重ねてきいた。

「いや、この暑さでな、立ちくらみをしたようだ」

だが、今日は今にも泣き出しそうな曇り空で、暑いというほどではない。むしろ涼しいくらいである。

「羽佐間さん、大丈夫ですか」

富士太郎は壱ノ進をじっと見た。確かに顔色はいいとはいえない。

「羽佐間さん、暑いのですか」

「ああ、暑い。暑くてならん」

顔にかなり汗をかいている。壱ノ進が手の甲でぬぐった。

「羽佐間さん、お医者にかかられたほうがよいのではありませんか」

「いや、もう平気だ、治ったよ。富士太郎、すまなかったな。心配をかけた。

――ああ、急がぬと遅刻してしまうな」

かすかな笑みを見せて、羽佐間がそそくさと立ち去った。その足取りに危うさは感じられない。

――本当に大丈夫なのかな。

富士太郎は案じた。

大門を入っていった羽佐間に、珠吉が厳しい眼差しを当てているのに気づく。

「どうかしたかい、珠吉」

「えっ、いえ、なんでもありやせん」

かぶりを振り、珠吉が富士太郎を見る。

「それよりも旦那、話を戻しますぜ。いったいなにがあったんですかい」

「ああ、そいつだったね。珠吉、歩きながら話そうかね」

富士太郎と珠吉は奉行所をあとにした。

「さっき思いついたばかりなんだけど――」

「ええ、なんですかい」

後ろから珠吉がきいてくる。

「珠吉、横においでよ。あまり大きな声で話せないことだからね」

「わかりやした」

珠吉が遠慮がちに肩を並べた。

「実はさ――」

富士太郎は裏切り者がいるのではないか、という自らの推測を珠吉に告げた。

「ああ、そのことですかい」

珠吉が平静な顔で答えた。

「珠吉、あまり驚かないね。もしや同じことを考えていたのかい」

「ええ、さいですよ」

珠吉が深くうなずく。

「なんだい、珠吉。それだったら、もっと早くいってくれたらよかったのに」

「なに、あっしもそのことに気づいたのは、昨晩のことなんですよ。寝床に入ってしばらくしてからです。なかなか寝つけなくて、あれこれ考えていたら、急にそんな考えが浮かんできたんですよ」

「ふーん、そうだったのかい。しかし今頃になって気づくなんて、おいらたちはまったくどうかしているねえ」

「迂闊以外のなにものでもありやせんね。しかし旦那、もし内通者のことが事実だったらとんでもないことでやすよ」

「まったくだよ。珠吉、どうすればいいかな」

「あぶり出すしかありませんが、どういう手立てがあるものか――」

不意に珠吉が黙り込んだ。

「どうかしたかい、珠吉」

「いや、まさかと思いましてね」

珠吉がちらりと振り返った。富士太郎もそちらを向いた。目に入ってきたのは、あとにしたばかりの町奉行所の大門である。

「まさか珠吉は――」

　珠吉のいわんとしていることを覚り、富士太郎は驚愕せざるを得なかった。絶句しかけたが、なんとか言葉をしぼり出す。

「羽佐間さんを疑っているのかい」

「いえ、疑っているというほどではないんですけどね。……ああ、いや、まあ、そういうことになりやしょうか」

「珠吉、羽佐間さんが内通者だなんて、天地がひっくり返ってもあり得ないよ。天地がひっくり返るほうが、おいらはまだあり得ると思うね」

「まあ、さいでしょうねえ」

　煮え切らない返事を珠吉は返してきた。

「だって珠吉、羽佐間さんは番所に出仕しはじめて、もう三十年になるんだよ。そんな人が番所を裏切るなんて、あり得ないだろう。信じがたいよ。羽佐間さんには裏切る理由がないもの」

「裏切る理由ですかい」

「えっ、あるのかい。珠吉はなにか知っているのかい」

「いえ、あっしはなにも知りやせん」

「そうだろうね」

ふう、と富士太郎は大きく息をついた。顎をしゃくり、両眼を前に据える。

「──珠吉、急ぐよ」

珠吉を置き去りにするかのように富士太郎は歩調を速めた。

「旦那、怒っているんですかい」

後ろから珠吉がきいてくる。

「怒ってなんかいないよ」

後ろも見ずに富士太郎は答えた。

「本当は怒っているんじゃないんですかい」

「怒ってないよ」

「それならいいんですけど」

心なしか、珠吉の声に元気がない。

富士太郎は後ろを振り向いた。珠吉が富士太郎のあとを懸命についてくる。

富士太郎は足をゆるめた。

「珠吉、本当は腹が立っているよ」

「さいですかい……。あっしがつまらねえことといっちまったものですからね」

歩を運びつつ、珠吉はしょんぼりしている。

「いや、そうじゃない。おいらは珠吉に腹を立てているわけじゃないんだよ」

「えっ、どういうことですかい」

富士太郎は正直な思いを珠吉に吐露した。

「実はおいらも羽佐間さんのことを一瞬、疑っちまったのさ。おいらはそのことに腹を立てているんだよ。羽佐間さんはそんな人じゃないってわかっているのに疑ってしまった。そんな自分がいやになったんだよ」

「さいですかい。旦那がそこまでいうんだったら、羽佐間さまは内通者じゃありやせんね。羽佐間さまはなにもしていねえ」

「ああ、その通りだよ。ほかに内通者がいるに決まっているんだよ」

「わかりやした。あっしも羽佐間さまを疑ってしまい、申し訳ないことをしやした。旦那、許してくだせえ」

「許すもなにもないさ。珠吉がおいらの大事な中間であることに、変わりはないからね」

「ありがとうございやす」

丁寧に頭を下げて、珠吉が富士太郎をじっと見る。

「ところで旦那、これからどうするんですかい。裏切り者を暴き出しやすかい」

「そうさね、おいらとしては内通者を捕らえたいところだけど、どうすれば捕まえられるか、今はまだわからないものね。——とにかく岡右衛門たちを捕えることが先決だね。そうすれば、裏切り者が誰か、わかるだろうからね」

「ということは旦那、今日も岡右衛門一味の証拠を握るために働くってことですね」

「うん、そういうことだよ。珠吉、今日もがんばるよ」

自らにいい聞かせるように富士太郎がいったとき、前から土煙を立てて一人の若者が走ってくるのが見えた。

おや、と声を漏らし、富士太郎は目を凝らした。

「——あれは興吉じゃないかね。でも今日は非番じゃなかったかね」

「ええ、旦那のいう通りですよ。興吉は今日、休みのはずです。毎日、高久屋を張り込んでいるのも骨ですからね。たまには息抜きをしないと保ちませんから。見張りの連中は、順繰りに休みを取っているはずですぜ。休むのも大事な仕事ですから。それにしても興吉のやつ、なにをあんなに泡食っててんだか」

「岡右衛門たちに動きがあったのかな」

「でも、それだと今日も文助に興吉はいたことになりやすぜ」

「とにかく熱心だからね。休みたくなかったのかもしれないよ。しかし、こんなに早くから岡右衛門たちが動いたのかなあ。ちがうような気がするね」

　足音高く走ってきた興吉が富士太郎たちに気づき、ざざっと足を止めた。もうもうと土煙が立ち込める。

「あ、ああ、樺山の旦那、まだ番所を出られたばかりだったんですね。ふう、よかった」

　はあはあ、と興吉の呼吸は荒い。肩が激しく上下している。

　いったいなにがあったんだい。問いただしたいのを富士太郎はこらえ、興吉の息がおさまるのをじっと待った。できたら水をやりたいが、竹筒を持ち歩いているわけではない。

「じ、実は、八十吉さんが害されたと思われる場所を見つけたんです」

　まだ息は絶え絶えといっていいありさまだが、我慢しきれないといわんばかりに興吉が告げた。

「えっ、本当かい」

　勢い込んで富士太郎はきいた。

「まずまちがいないと思います」

依然として息は荒く、まるでふいごのようだが、興吉は確信のある顔つきをしている。

「興吉、どうやって見つけたんだい」

「樺山の旦那や珠吉さんの手の及びにくい場所を選んで、探し回ったんですよ」

「手の及びにくい場所というと」

「お寺さんとか神社ですよ」

「いや、おいらたちはそういうところも漏れなくきいて回ったよ」

「でも、それは人のいるところだけじゃありませんかい」

ようやく呼吸が落ち着いたのか、興吉の口調ははきはきとしたものになっている。

「いや、そうともいえないよ。廃寺や無人の神社も見て回ったよ。――あっ」

そうか、と富士太郎は気づいた。

「そうだね、廃寺はすべて回りきれていないかもしれないね。あのあたりは寺が多いし。最近は跡取りがいなかったり、檀家《だんか》に恵まれなかったりして、廃業してしまう寺が多いからね。見落としたところが、あったかもしれないよ」

興吉に目を当て、富士太郎はただした。

「そういうところで見つけたんだね」

「ええ、さようで。破《や》れ寺《でら》ですよ」

「だったら、さっそく連れていっておくれ」

「合点承知」

いま来た道を、興吉が早足で歩き出す。いかにも気がはやっている様子だ。

「そんなにあわてずともいいよ。興吉、ゆっくり行きな」

「いえ、そういうわけにはいきませんよ」

興吉はずんずんと歩いてゆく。

「ところで興吉、おまえさ、今日は非番じゃなかったのかい」

富士太郎は、興吉の華奢《きゃしゃ》な背中に声をかけた。

「おっしゃる通りです。昨日の夕刻に、高久屋の張り番から抜けさせてもらいました。ですので、今日の夕刻まであっしは非番です」

「それなのに、八十吉が害された場所を見つけたっていうのかい」

「非番だからって、休む気になれなかったものですから。昨日の夕刻から、一人で調べ回っていました」

「昨日の夕刻からって、まさか興吉、寝てないんじゃないだろうね」

くるりと興吉が振り向き、にこりとした。

「そのまさかです」

「徹夜したのかい」

「ええ、でもへっちゃらですよ」

そうはいっても、きつくないはずがない。興吉は、夜を徹して、という顔を確かにしているのだ。目が充血し、無精《ぶしょう》ひげが伸びている。

それでいて逆に持ち前の精悍《せいかん》さは増しているから、不思議なものだ。

「なるほど、いても立ってもいられなかったんだね」

「そういうことですよ」

気が張っていると、疲れは覚えないものだ。ろくに眠っていなくとも、眠気はない。

しかし、よもや同い年の興吉に先を越されるとは思ってもいなかったよ。

若干の情けなさを覚えつつ、富士太郎は興吉のあとをひたすらついていった。

やってきたのは早稲田村《わせだむら》だ。

八十吉の死骸が見つかった関口水道町より四町以上も上流である。

つと興吉が道を左に折れた。南に向かって足を速める。

それから三町ばかり田畑の中を突っ切って、ようやく足を止めた。

富士太郎も立ち止まり、あたりを見回した。珠吉も鋭い目を放っている。

「ずいぶん江戸川から離れているね」

こんなところまで、富士太郎たちの探索は及ばなかった。くまなく聞き込みをしていたと思ったが、もし本当にこのあたりの破れ寺で八十吉が害されたとしたら、見落としたとしかいいようがない。

ええ、と興吉が富士太郎を見てうなずく。

「このあたりは、もうぎりぎり墨引内のはずですよ」

「うん、その通りだね」

この先の下戸塚村《しもとつかむら》や源兵衛村《げんべえむら》、諏訪谷村《すわたにむら》などは墨引外である。

「それで破れ寺はどこなんだい」

「あれですよ」

興吉が指さしたのは、こんもりと盛り上がったちっぽけな杜《もり》である。距離はまだ半町近くある。

「えっ、あそこに寺があるのかい」

目を凝らしたものの、富士太郎にはなにも見えない。

「ええ、木に邪魔されて見えにくいですけど」

「そうかい。なら、早く行こう」

興吉と珠吉をうながし、富士太郎は足早に近づいていった。

「へえ、本当だ」

富士太郎たちの前にあらわれたのは、紛れもなく破れ寺である。

目の前に建つ山門は老朽しきっていたが、かろうじて扁額の文字は読めた。

この寺は、願祐寺《がんゆうじ》というらしかった。

「ふーん、こんなところに寺があったのかい。初めて知ったよ。この近くまで来たのに、気づかなかったね」

唇を嚙んで、富士太郎はうなるしかない。

迂闊だった。寺や神社に下手人が逃げ込むと、それ以上は追えないこともあって、なんとなく富士太郎は寺社に苦手な思いがある。わかっていても、寺社は避けていたのかもしれない。

いや、そうではないね。おいらの探索の仕方が浅かっただけだよ。この杜だって目にしていたはずなのに、見過ごしちまったんだ。

情けなくて涙が出そうだ。富士太郎はそれをこらえ、代わりに嘆息した。駄目だよ。ため息なんて、ついていいことなんか、ありゃしないんだから。それに、興吉が八十吉の害された場所を見つけてくれたんだから、それでよしとすべきなんだよ。興吉が手柄を立てたことを喜ぶべきじゃないのかい。

――しかしねえ。

富士太郎は願祐寺のある杜全体を見やった。

この杜を目にして、おいらはなにも感じなかったのかねえ。

珠吉はなにもいわず黙っている。目だけをぎらぎらと光らせていた。

「珠吉、どうかしたかい」

「いえ、どうもしませんよ」

一転、珠吉が穏やかな目で富士太郎を見る。

「旦那、このお寺さんでは、かつて賭場が開かれていやしてね」

「へえ、そうなのかい。珠吉、よく知っているね」

「昔の話ですがね。このお寺さんはお寺社の手入れを受けて、住職が追放されちまったんですよ」

「それで廃寺になっちまったのかい。なんだか、むなしいものがあるねえ」

「ええ、まったくでやすね」

もの悲しさを感じさせる声で、珠吉が同意する。

「ここで賭場を開いていた厳吉《がんきち》親分も、この寺を失ってから急に弱っちまって、あっけなく死んじまいましたよ」

「そうかい。やくざ者とはいえ、気の毒だね。その厳吉って親分は、賭場が生き甲斐だったんだろうね。気の毒っていえば、この寺もそうだね。こんなにぼろぼろになっちまってさ。やはり建物というのは、人がいないと駄目なんだねえ」

「あっという間に朽《く》ちてゆきますよ」

五段ほどの階段を上がり、腐朽《ふきゅう》しかけた山門を富士太郎たちはくぐった。

山門を抜けてその場に立ち、風がわずかに渡る境内を見渡す。

右手にある鐘楼《しょうろう》に鐘はむろん下がっておらず、石垣は今にも崩れそうになっている。

鐘楼の奥に庫裏《くり》らしい建物があるが、もしかすると、納所《なっしょ》だったのかもしれない。廃墟も同然で、元がどんな建物だったか、判然としないのである。

正面に本堂が建っているものの、屋根は半分以上が落ちている。

あれじゃあ木々に隠れてしまって、外からでは寺があるなんて、わかるわけがないね。でも、そんなのはいいわけにもならないよ。

「八十吉さんが害されたのは、あの中ですよ」

ごくりと唾を飲み、興吉が本堂を指さす。

「よし、行こうかね」

苔《こけ》むした石畳を進み、富士太郎たちは本堂に足を踏み入れた。

「ところどころ、床が腐っていますから、気をつけてください」

興吉にいわれて、富士太郎は端のほうに立った。本堂内は暗かったが、少しだけ明るさが入り込んでいた。崩れた屋根のあいだから空が望める。

足を進ませて、富士太郎は空を見上げた。厚く黒い雲が相変わらず空を覆っているが、まだ雨は降ってきていない。

それにしてもここはすごい湿気だね、と富士太郎は噴き出た汗を手ぬぐいで拭いた。かび臭さもひどい。かびに体を冒されそうである。

あまり長居はしたくないが、すぐに本堂を出るわけにはいかない。

ぶるりと体を震わせ、富士太郎は、興吉、と呼びかけた。

「八十吉がここで害されたって、どうしてわかったんだい」

中を見回しながら富士太郎はきいた。

近所の者が飼っているのか、寺の裏手のほうから、鶏の甲高い鳴き声がときおり聞こえてくる。何羽かは境内に入り込んでいるようだ。すぐそばから鳴き声がする。

「これですよ。これでわかったんです」

本堂の隅に寄った興吉が床を指す。

興吉に近づいて、富士太郎と珠吉は床を見つめた。

黒いしみがひろがっている。

「これは血だろうね」

床におびただしい血の跡が広がっている。わずかに金気《かなけ》臭さが残っていた。

「うっ」

富士太郎はうめいた。隅のほうに指が一本、転がっていたからだ。さすがに驚かされたが、富士太郎はすぐに冷静さを取り戻した。自分を叱りつける。

このくらいで驚いてちゃ、駄目じゃないか。おまえだって、それなりに場数を踏んできたんだろう。八十吉は指をすべて切り取られたんだから、一本くらい落ちていても、不思議はないよ。

しゃがみ込んだ富士太郎は指をつまみ上げ、じっと見た。古くて腐りかけている。異臭を放っていた。

――残りの指はどこにあるのかな。

立ち上がり、富士太郎はあたりを探した。だが、ほかの指はどこにも見当たらない。

「興吉、ここで八十吉が害されたというのは、まちがいないようだね。興吉、でかしたよ」

心の底から富士太郎はほめたたえた。

「八十吉はここから荷車にでも載せられて江戸川に運ばれたんだろうね」

「そういうことでしょうね」

興吉が明るく答えたが、その横で珠吉はむすっとして、おもしろくなさそうな顔をしている。

どうしたんだろう、と富士太郎は思った。まさか珠吉、妬《や》いているんじゃないだろうね、興吉に先を越されちまったことを。珠吉らしくないね。

ううん、と心で富士太郎は首を振った。珠吉はそんな心根の男じゃないよ。こんな顔をしているのは、なにか別の理由があるに決まっているんだ。

そのとき、ふと富士太郎は人の気配を感じた。珠吉や興吉のものではない。

本堂の外に人がいるのではないか。子供でも遊びに来たのだろうか。

と思ったら、回廊の形を残しているほうで足音がし、左手の格子戸に人影が差した。

おや。富士太郎が目を据えた次の瞬間、格子戸がいきなり蹴破られた。大きな音とともに、もうもうと埃が舞い上がる。

埃の向こうの回廊に、四人の浪人らしい侍が立っていた。いやな目でこちらをのぞき込んでいるように富士太郎は感じた。いずれも覆面をしている。

外は明るく本堂内は暗いから、やつらからはこちらがよく見えないようだ。

――なんだい、あいつら、顔を隠しやがって。物取りかい。まったくおいらたちを誰だと思っているんだい。

懐に手を入れ、富士太郎は袱紗《ふくさ》に包んである十手《じって》を取り出した。

「――いたぞ」

くぐもった声がし、一人の浪人者が本堂に足を踏み入れた。足音も荒く富士太郎の前に進んでくる。足を止めるや、すらりと刀を抜いた。富士太郎を見る目に殺気を宿している。

――なんだい、こいつ。本気で殺すつもりかい。物取りなら物取りらしく、金を出せ、っていわないのかい。

残りの三人もすでに本堂に入ってきている。いずれも抜き身を手にしていた。

「おまえたち、獲物をまちがえているよ」

十手を高く構え、富士太郎は見せつけるようにして怒鳴った。

「おいらたちが誰かわかって、刀を抜いたんだろうね」

その声が聞こえなかったかのように、眼前の浪人者が、どうりゃあ、と気合をかけて斬りかかってきた。

「死ねっ」

白刃が一気に富士太郎に迫る。

「問答無用かいっ」

叫びざま、富士太郎は十手を掲げた。浪人の斬撃を弾き返そうとしたのだが、捕物十手ほどの長さがないために、刀を受けきれない。

「――うおっ」

肩を斬られそうになり、富士太郎は泡を食って後ろに下がった。だが、ぴっ、と音が立ち、富士太郎は着物を斬られたことを知った。刀を引き戻すことなく、浪人はそのまま下から振り上げてきた。

今度は、富士太郎はあやまたず十手で斬撃を弾くことができた。だが、強烈な手応えに腕がしびれた。振り上げられた刀の威力はすさまじく、右手が力なく上がってしまっている。

そこを狙って、浪人が突きを繰り出してきた。うわあ。心中で悲鳴を上げつつ富士太郎は体をねじった。

刀が体をかすめてゆく。

こ、こいつ、おいらが町方だと知っていて殺そうとしているよ。

いったいどういうつもりだい。——まさか岡右衛門の差金《さしがね》じゃないだろうね。

またも振り下ろされた斬撃を横に動いてよけながら、富士太郎はそんなことを考えた。

きっと岡右衛門にちがいないよ。やつは、おいらの息の根を止めたいんだ。おいらたちの探索が進んでいるのが、怖くてならないんだよ。

それに殺そうとしているのは、おいらだけじゃないよ。珠吉と興吉もあの世に送ろうとしているんだよ。

二人は大丈夫だろうか。気になって、富士太郎は目で二人を追った。

珠吉はなんとかして富士太郎を助けたいと思っているようだが、肥えた浪人を相手に四苦八苦しており、いかんともしがたい様子だ。

できれば斬撃をかわして、肥えた浪人にむしゃぶりつこうとしているようだが、それを浪人のほうは許そうとしない。しゃにむに刀を振って、とにかく珠吉に傷を与えようとしている。怪我を負わせて動きを止めてしまえば、あとはどうにでもなると考えているのだろう。

珠吉の戦いぶりを見ていて、富士太郎はさすがにはらはらした。珠吉、逃げな。逃げるんだよ。外に逃げれば命は助かるよ。

だが、珠吉が富士太郎を置いて逃げ出すはずがない。

興吉のほうは、とにかく必死に逃げ回っている。ひょろ長い体軀をした浪人が刀をかざして追いかけている。身軽な興吉は、相手の浪人の間合に決して入らないように心がけて動いていた。今のところ危うい場面はないようだ。だが、逃げ回るだけではやはり限界があろう。興吉、おまえも外に逃げればいいんだよ。

だが、興吉にもその気はないようだ。自分がいれば、刺客の一人は引きつけられるという考えかもしれない。

珠吉も興吉も得物は持っていない。

おいらがなんとかしなきゃ、二人とも殺されちまうよ。

がたん、と横合いから大きな音が立った。見ると、珠吉を狙って足を踏み出した肥えた浪人が、床板を踏み抜いたところだった。

好機とみて、珠吉が浪人に躍りかかる。そうはさせじと浪人が刀を振る。ひょいと体を動かして斬撃をかわした珠吉が一気に突進した。一瞬で間合が縮まる。それは六十を過ぎた男とは思えない身ごなしだった。富士太郎は目を奪われた。だが、丸腰で刀を持つ相手に突っ込むのはさすがに無謀に見えた。

珠吉っ、と富士太郎は叫んだ。

その声を合図にしたかのように拳を振り上げた珠吉が、浪人の顔を思い切り殴りつけた。

がつっ、と音がし、肥えた浪人の首がねじ曲がる。浪人の口から血と歯が飛んだ。床板を踏み抜いたまま、浪人ががくりとうなだれる。今の一撃で気絶したようだ。

——すごいよ、珠吉。

「旦那っ、危ないっ」

珠吉に気を取られていて、富士太郎は自分が戦っている最中であることを失念していた。

背後から刀が振り下ろされる。

——殺《や》られてたまるかい。おいらはこんなところじゃ死なないよ。

姿勢を低くして斬撃をかわし、富士太郎は浪人に向き直った。十手を構える。

繰り広げられる戦いの様子をなにもせずにじっと見守っていたらしい背の低い浪人が、珠吉に刀を向けている。珠吉は恐れる様子も見せず、対峙している。背の低い浪人が気合を発し、刀を打ち下ろしていった。

その斬撃を、珠吉は横にひらりと動いてかわした。床板を蹴って浪人の懐に突っ込もうとしたようだが、足を止めて自重した。

ふう、どきどきするねえ。富士太郎は眼前の浪人から目を離していない。浪人は間合を測っているようで、斬りかかってこようとしない。

珠吉は相手の斬撃をよけ、次の瞬間、躍りかかって顔を拳で殴りつけるか、首筋に手刀を見舞おうという狙いのようだ。

だが、果たしてうまくいくかどうか。珠吉の前に立っている背の低い浪人は、仲間がやられたところを目の当たりにしているはずだ。同じ手は食わないだろう。それに、背の低い浪人のほうが、肥えた浪人よりも腕は立ちそうだ。

目の前の相手がすぐにはかかってこないと見た富士太郎は、十手を帯に差し入れ、長脇差を抜いた。それを正眼《せいがん》に構える。

長脇差のほうがやはり戦うにはいいね。十手よりも安心するよ。

目の前の浪人は、富士太郎をじっと見据えている。真剣を構えている相手との対峙は、さすがに背筋が震えるような怖さがあった。真剣の斬撃を受けるのも久しぶりのことだ。もしまともに食らっていたら、冗談でなく死んでいた。二度と智代にも会えなくなっていた。

「おまえら、岡右衛門の一味だね」

気持ちを奮い立たせて凜とした声を放ち、富士太郎は眼前の浪人を見つめた。

こんな連中に負けていられないよ。おいらはここでくたばるわけにはいかないんだ。

「おまえら、こんなことして、ただですむと思っているのかい。もう一度いうよ。おいらは町方同心だよ。もし町方同心を殺したりしたら、南北の番所は総勢でおまえたちを捜し出すよ。おまえたちに逃げ場はないよ。行き着く先は一つ。獄門台だ」

「うるさいっ、死ね」

足を踏み出して、間合を詰めた浪人が斬りかかってきた。

逃げ出したくなるほど怖かったが、富士太郎は耐えた。浪人の踏み込みが少し浅いように感じたからだ。

一刀での戦いは深く踏み込んだほうが勝ち、と前に直之進がいっていた。その言葉を思い出した富士太郎は目を閉じ、これ以上は無理だと思えるほどに足を前に出した。同時に長脇差を胴に振ってゆく。

どす、と鈍い音が立った。少し遅れてぴっ、と耳のあたりで鋭い音がした。

斬られたのかい、と思ったが、長脇差に重い手応えが伝わってきた。同時に、ううぅ、と苦しそうな声を富士太郎は聞いた。

目を開けると、浪人が苦しげに体を折っていた。えっ、おいらの長脇差のほうが早く届いたのかい。

やったあ。喜びが胸にあふれる。

これも直之進さんの教えのおかげだよ。ありがとう、直之進さん。

このままでもいいかもしれないけど、ここはとどめを刺して、動けなくしておいたほうがいいね。

そう判断した富士太郎は今一度、長脇差を振るい、浪人の肩をびし、と打ち据えた。ぐむう、とうめき声を発して前のめりに浪人が倒れた。浪人は白目をむいている。気絶していた。

——やったぞ。残りは二人。

顔を上げ、富士太郎は珠吉と興吉を捜した。二人とも浪人とやり合っている。

興吉は相変わらず必死に逃げ回っていた。

目が合い、富士太郎はこっちに来い、と手招いた。うなずいた興吉が富士太郎のもとに逃げ込んでくる。富士太郎は興吉を背中にかばった。

珠吉のほうは、背の低い浪人と戦っている。小柄な全身から気迫が炎のようにゆらゆらと立ち上っているのがわかった。

——気圧されるね。丸腰なのに、まったく珠吉という男は大したものだよ。

今まで興吉を追い続けていたひょろ長い体軀の浪人が、富士太郎と対峙する。

長脇差を正眼に構え、富士太郎は自らの腰に向かって顎をしゃくった。

「興吉、せめてこいつを持っていな」

富士太郎の腰帯に十手がはさんであることに、興吉が気づいたようだ。

「旦那、よろしいんですかい」

「ああ、かまわないよ」

「ありがとうございます」

すっと十手を抜き、興吉が手にする。

「捕物十手ではないから、戦うには短すぎるけど、ないよりましだろう」

富士太郎たちがいつも大事に懐にしまい入れている十手は、おのれの身分を明かすために持ち歩いているようなものだ。

「百人力ですよ」

息を弾ませて興吉が答えた。

「でも興吉、十手を持ったからって、無理はしちゃいけないよ。おまえはおいらの背中にこのまま張りついているんだ。いいね。このままなにもするんじゃないよ。おいらの邪魔になるだけだからね」

「は、はい」

ひょろ長い体軀の浪人が間合を詰め、袈裟懸けに刀を振ってきた。それを富士太郎は長脇差で弾き上げた。がきん、とまたも強烈な衝撃が腕を走る。

全身の血が逆流するような感じを、富士太郎はこの瞬間に味わった。

――やってやるよ。こいつを成敗してやる。あの世に送ってやるからね。いや、殺しちゃあ駄目だよ。捕まえないと。捕らえて、吐かせてやるんだ。こいつは岡右衛門に命じられて、おいらたちを殺《や》りに来たんだからね。殺しをそそのかしたただけでも、罪になるんだからね。

富士太郎の気迫が伝わったたか、ひょろ長い体軀の浪人の目におびえらしいものが宿った。

――逃げる気だね。そうはさせないよ。

えい、と声を出して富士太郎はひょろ長い体軀の浪人に躍りかかろうとした。

だがその一瞬前に、背の低い浪人が珠吉に斬りかかっていったのが横目に見えた。珠吉は浪人の間合をはずし、斬撃を見事にかわしてみせたが、床板が反っているところを踏んだか、わずかに体がかしいだ。

そこを容赦なく、背の低い浪人が狙う。刀が胴に振られた。

「珠吉っ」

その声が聞こえたかのように、珠吉が体をよじる。ぎりぎりで刀が通り過ぎてゆく。目をふさぎたくなるようなきわどさだった。

「珠吉っ」

叫んで、富士太郎は珠吉のそばに駆けつけた。後ろからひょろ長い体軀の浪人が斬りつけてくるかと思ったが、珠吉に殴りつけられて気絶した仲間の介抱をはじめていた。もう戦意は失ったようだ。このあたりが金で雇われた者の弱さといっていい。本当に命を投げ出すことはない。

刀をよけるために体をひねったときどこかを痛めたらしく、なんとか立ってはいるものの、珠吉はもう動けないようだ。顔をしかめている。

長脇差を構え、富士太郎は背の低い浪人と相対した。

珠吉はもう戦えそうにない。興吉は修羅場《しゅらば》の経験が少なく、怪我こそしていないものの、今はまだ役に立ちそうにない。

ひょろ長い体軀の浪人はもはや戦う気はないようだが、まだどうする気かわからない。

まだ二人の浪人が残っていると考えたほうがいいだろう。

こっちはおいら一人だけだ。ちと分が悪いね。しかもおいらはだいぶ疲れてきちまったよ。あと一人、叩きのめせても、もう一人は無理かもしれないね。

ということは、こいつらを引っ捕らえるのは、あきらめるしかないようだよ。

ここはなんとか引き上げるように仕向けないといけないね。

それにはやはり気合だね。気合しかないよ。

――おいらは湯瀬直之進だよ。

富士太郎は自らに暗示をかけた。

――湯瀬直之進ならこんな連中、ひとにらみで退散させるはずだよ。

燃えるような目で富士太郎は、背の低い浪人をにらみつけた。

うっ。背の低い浪人者がひるんだように後ずさる。

ひょろ長い体軀の浪人は、富士太郎に胴を抜かれた仲間を助け起こしたところだった。

よし、これなら行けるかもしれないね。静かに息をついた富士太郎は、背の低い浪人に語りかけた。

「おい、おまえ。おとなしく引き上げな。そうすれば、おいらは追わないよ。おまえ、仲間の手当だってしてやりたいだろう。もし引き上げないなら、おいらは徹底してやるよ。おまえを殺し、そこにいる仲間も殺す。わかったかい」

疑い深げな眼差しを、背の低い浪人は富士太郎にぶつけてくる。

「おいらは、嘘はいわないよ。人からは天魔《てんま》の樺山と呼ばれているくらいだからね。やるときはやるよ。人ってのは、もともと残虐なものだからね」

背の低い浪人は目を鈍く光らせていたが、さっときびすを返した。仲間の三人に、引き上げるぞ、と声をかける。

それを聞いて、富士太郎はさすがに安堵した。むろん、まだ気をゆるめるわけにはいかないが、すでに賭けに勝った気分だ。

四人の浪人は、入ってきたときと同じ場所から出ていった。格子戸の向こうに見えていた影が次々に消えてゆく。

ああ、本当にいなくなったね。やつら、引き上げたんだね。やったよ、やった。おいらもやればできるじゃないか。おいらは湯瀬直之進だよ戦法が、ものの見事に成功したね。

それでも、へなへなと腰が抜けそうだったが、富士太郎はなんとかこらえた。

「いててて」

眉間にしわを寄せた珠吉がしゃがみ込む。

「大丈夫かい、珠吉」

腰を曲げて、富士太郎は珠吉の顔をのぞき込んだ。

「どうやら、さっき腰をひねっちまったようですよ」

「ひどく痛むのかい」

「いえ、そんなには」

「歩けるかい」

「どうですかね」

「あっしが背負いますよ」

横から興吉が申し出る。

「えっ、いいのかい」

ありがたいとは思ったものの、富士太郎は興吉に確かめた。

「もちろんですよ」

興吉が明るい声を上げる。

「珠吉、どうする」

「珠吉さん、あっしに任せてください」

「わかったよ、ありがとうな。旦那、ええ、ここは若い者の言葉に甘えたいと思いやす」

「ということだよ。興吉、頼む」

「承知しました。ああ、樺山の旦那、これを」

頭を下げて興吉が十手を返してきた。それを受け取り、富士太郎は腰に差した。もう一度、やつらが戻ってこないのを確かめて、長脇差を鞘におさめる。

興吉が珠吉のそばにしゃがみ込み、背中を見せた。すまねえ、といって珠吉が興吉におぶさる。

珠吉をおぶった興吉が軽々と立ち上がる。

「おう、見かけによらず力があるんだね」

「力には、これでも自信があるんですよ」

興吉がにこりとする。笑みを返して、それにしても、と富士太郎は考え込んだ。やつらはおいらたちをどうして殺しに来たんだろう。

定廻り同心を殺したところで、いいことなど一つもないのに。

もしや、と富士太郎は覚った。この寺に八十吉殺しの証拠があるのではないだろうか。

きっとそうだよ。この寺を興吉に見つけられたのを知り、岡右衛門のやつは焦ったにちがいないよ。

殺しの場はとことん調べなきゃならねえ。先輩同心の言葉がよみがえる。よし、医者に珠吉を送り届けたら、徹底してこの寺を探ってみようかね。

――いや、待てよ。

むう、と声を出して富士太郎は首をひねった。この寺になんらかの証拠があるのがわかっているのなら、岡右衛門のほうですでに始末してなきゃおかしい。これまでたっぷりとときがあったというのに、証拠を手つかずにしておくなど、あり得るだろうか。

――おかしいね。なにか妙だよ。

やはりこの寺には、証拠なんてあるはずないね。もちろん一応、調べなきゃいけないけどさ。

となると、岡右衛門が刺客を送り込んだのは、やはりおいらたちが邪魔になったからだったのかな。

ここでおいらたちを殺してしまえば、死骸を埋めるところには事欠かない。なにしろ元は寺だからね。

おいらたちが行方知れずになったら、直之進さんや琢ノ介さん、それに番所の仲間たちは懸命に捜してくれるだろう。

だけど、おいらたちの死骸が見つかることはまずないだろうね。おいらたちの身になにか起きたことはわかるだろうけど、殺されたかどうかさえもわからない。智ちゃんは泣くだろうなあ。

それにしても、おいらたちを殺すだなんて、岡右衛門も思い切ったことを考えたものだよ。

やつは、捕縛が近いことを覚ったのかね。その前においらたちをこの世から消してしまえ、と考えたのだろうか。

どうにもよくわからない。

とにかくおいらがすべきことは、証拠をつかみ、岡右衛門をお縄にすることだけだよ。

そういえば、と富士太郎は思い出した。この寺で岡右衛門たちが八十吉を害したのなら、どうしてこの境内に埋めなかったんだろう。埋めてしまえば死骸は見つからず、事件にならなかったのに。

八十吉は、と富士太郎は思った。本当にここで殺されたのだろうか。

富士太郎はちらりと興吉を見た。

二

横になったまま、ぎり、と唇を嚙んだ。

血が出そうなくらいだが、隅三《すみぞう》は気にしなかった。痛みなど、胸に抱いたこのうらみにくらべたら、なんということもないのだ。

ついに夢に出てきやがった。

起き上がり、隅三は枕元の水を飲んだ。

湯瀬直之進め。この俺を捕らえた男。

決して許さねえ。殺しても飽き足らねえ野郎だ。

湯瀬直之進の住みかは、とうに知っている。そこには、やつの新妻がいる。

おきくという女だ。おきくはすこぶるつきのいい女である。

かどわかして慰《なぐさ》み者にしてもいいと思っているが、今は米田屋という口入屋にかくまってもらっているようだ。

米田屋は繁盛している口入屋らしく、大勢の者が出入りしている。近所の者とも繁《しげ》くつき合いをしているようだ。

そういうところは、どうにも手を出しにくい。しかも、米田屋は町方役人と懇意にしているようなのだ。

町方役人と中間が、親しげに店の者と話をしているそうである。

そういうところの女に手を出して、町方に本気になられてはかなわない。やつらはぬるま湯に浸からせておくくらいがちょうどいいのだ。

それでも、と隅三は思った。湯瀬が奥州街道を下野に向かったとき、おきくを狙えばよかったか。配下の六人に命じて、隅三は直之進を襲わせている。その襲撃はしくじりに終わったが、あのとき新妻は長屋に一人でいた。その機を逃さず、かっさらえばよかったか。

だが、あのときはそこまで思いが至らなかった。

――湯瀬直之進を殺す。そのことだけで頭に血が上っていた。

なにしろ、あの野郎のせいで、二千両を儲け損ねたのだ。

民之助から為替手形を奪い、裏書きをした上で両替商に持ち込み、稲葉屋の者になりすまして換金するつもりでいた。

それを湯瀬直之進にぶち壊されたのだ。

いまだに怒りは薄れない。隅三は、湯瀬を殺したくてたまらない。

もう一度、湯瀬直之進を狙うか。

だが、やつは強すぎる。それは、俺を捕らえたときの手際にも出ていたし、六人を相手に楽々と退けたときにも、よくわかった。

ということは、もっともっと強い者を雇い入れる必要があるのだ。

配下を使って襲わせても意味はない。

所詮《しょせん》は掏摸の一味でしかねえんだ、と隅三は自嘲気味に思った。腕が足りなすぎる。

湯瀬直之進は必ず殺す。

だが、その前にまず民之助を殺《や》るべきではないか。

民之助に対するうらみは、湯瀬直之進へのうらみよりもずっと深いのだから。

俺の母親と弟、妹が死んだのはやつのせいだ。

しかも民之助は、このあいだ俺のことを覚えていなかった。

白髭神社で顔を合わせたとき、やつはこの俺を見ても眉一つ動かさなかった。

もしやつがこの俺のことを覚えていたら、二千両をせしめるだけで許してやるつもりでいた。

だが、もうそうはいかねえ。民之助を殺す。あの世に送るしか、もはや道はねえんだ。

布団の上で、隅三はぱんぱんと手を打った。

「親分、お呼びですかい」

襖が開き、仁八《じんぱち》という若い者が顔を見せた。

「良隠《りょういん》たちを呼べ」

「へい」

襖が閉じられ、仁八の顔が消えた。

すぐに足音が戻ってきた。親分、と襖越しに仁八の声がした。

「入れ」

ぞろぞろと敷居を越えた六人の男が隅三の前に膝をそろえて座る。

「良隠」

隅三は呼びかけた。

「いいか、古笹屋民之助を殺せ。今度はしくじりは許さねえ。心してかかれ」

額にしわを寄せて、隅三はきつく命じた。

「良隠、承知か」

「承知いたしました」

我知らず隅三は左腕をさすっていた。

そこには入墨が入っている。

「よし、やり方は任せる。頼んだぞ、良隠」

「わかりました」

「褒美《ほうび》はなにがいい」

「女と金がいいですね」

良隠が低い声で答えた。良寛《りょうかん》と白隠《はくいん》。二人の名だたる禅僧から、この男は名を取っている。もともと貧乏百姓の出で、親に寺へと預けられたのだが、二年と保たずに寺を飛び出した。以来、ずっと裏街道暮らしである。

良隠と他の五人に瞬きのない目をじっと据えてから、隅三は口を開いた。

「よかろう。古笹屋を殺ったら、一人につき五両やる。それだけあれば、女はいくらでも抱けるだろう。良隠、励みな」

「ありがとうございます」

他の五人も頭を下げた。

「今のところ、古笹屋には用心棒はついていねえようだ。殺るなら、今だ」

「わかりました」

目をぎらつかせて良隠が顎を引いた。

「必ず殺ってご覧にいれます」

六人の男は部屋を出ていった。

三

前を行く直之進が足を止めた。

「ここだ」

いわれて佐之助は建物を見上げた。

屋根に古笹屋という扁額が掲げられ、薬種という看板が建物の横に張り出している。暖簾を払って、中から客が出てきた。それと入れちがうように入ってゆく者もいる。

「繁盛している店のようだな」

「その通りだ。だから金払いはいいはずだ」

「それはありがたい。湯瀬、入るか」

「その前にちょっと待ってくれるか」

直之進が厳しい目をしていることに、佐之助は気づいた。

「どうした」

「こっちへ来てくれ」

直之進に用水桶のそばに連れていかれた。

「おぬし、右手は大丈夫なのか」

むっ、と佐之助は思った。やはり見抜いておったか。さすがは湯瀬よ。

佐之助に嘘をつく気はない。もともと古笹屋には右手のことは話すつもりだった。右手のことを隠したまま用心棒をつとめる気はなかった。

「うむ、ときおり利かぬときがある」

「やはりそうか。歩き方がなにか妙だと思っていた。やはり右手だったか。どんな具合だ」

きかれて佐之助は症状を説明した。

聞き終えて直之進がうなずく。

「右手が重く、ときおり動かなくなることがあるか。医者にはかかっているのだな」

「おぬしも知っているかもしれぬが、桜木町の胆義先生だ。胆義先生の紹介で、今は閑好という鍼灸師のもとに行っている」

「その鍼灸師はなんといっている」

「治るといっておる」

「そうか、治るのか」

「まだ一度だけだが、針を打ってもらった。それだけでだいぶよくなった」

これも本当である。さすがに胆義の紹介だけのことはあり、閑好の腕はすばらしい。図抜けている。

「一度だけでかなりよくなったゆえ、用心棒の仕事を受ける気になったのだ」

「そういうことか」

じっと下を見ていた直之進が顔を上げた。

「ここまでやってきて、意向を確かめるなどということはしたくないが、倉田、どうする、受けるか」

「俺はやる気でおる。こうして着替えもすでに持ってきておるしな」

千勢が持たせてくれた風呂敷包みを、佐之助は持ち上げてみせた。

「大丈夫か」

決して危ぶんでいるわけではなく、直之進は純粋に佐之助の自信のほどを確かめようとしているようだ。

「大丈夫だ。だが湯瀬、おぬしがやめたほうがよいというのなら、俺は素直に降りる。逆らいはせぬ」

ふむ、といって直之進は考え込んでいる。

「おぬしのことだから、命を賭する覚悟はできているのだろう。用心棒稼業は、依頼主を守り抜くことこそ肝要《かんよう》だ。命に替えても依頼主を守らねばならぬ」

「うむ、その通りだ」

「――倉田、古笹屋民之助という男を守り抜く自信があるか」

「ある」

それについては、佐之助の心には一点の曇りもない。

「それを聞いて安心した。よかろう。古笹屋におぬしを推挙しよう」

「かたじけない」

「さて、それで右手のことだ。伏せておくほうがよいかな。古笹屋をいたずらに心配させることはない気もするが」

「いや、それはどうかな」

「倉田は告げるほうがいいと思うか」

「うむ、告げるべきだと思う。その上で雇うかどうか、古笹屋に判断してもらったほうがよかろう。そのほうがすっきりする」

にこりと直之進が笑う。

「よい覚悟だ。ならば、古笹屋に右手のことは話すとするか」

店の前に立った佐之助は、直之進が古笹屋の暖簾を払うのを見ていた。

佐之助の右手のことを聞き、民之助はさすがに驚きを隠せずにいる。

「さようですか、右手が……。しかし倉田さまの腕は抜群なのですね」

「それについては、俺が太鼓判を押す」

「湯瀬さまよりもお強いのですか」

「かもしれぬ」

「それはすごい」

憧れのような目で民之助は佐之助を見つめている。

「気に入ってくれたか」

「それはもう。──倉田さま、右手のほうの心配はないのですね」

真剣な目で民之助が確かめてきた。それは当然だろう。この一点におのれの生死がかかっているといってよいのだから。

「うむ、大丈夫だ」

深く顎を引き、佐之助は断言した。

「わかりました」

うなずいて民之助が居住《いず》まいを正す。

「倉田さまに是非とも手前の用心棒をつとめていただきたいと存じます」

「かたじけない」

ほっとしたように直之進が頭を下げた。

「それで用心棒の代だが」

用心棒の場数を踏んでいるだけのことはあり、慣れた様子で直之進が報酬のことについてたずねる。

「用心棒の相場は手前にはわかりかねるのですが、出せる範囲ということで、考えております」

「うむ、それでよい」

穏やかに首肯《しゅこう》し、直之進が民之助を見る。

「一日二分ということでいかがでございましょう」

「十分だ」

厳《おご》かな口調で直之進が答える。

そんなにもらってよいのか、と佐之助はいいそうになった。なにしろ二日で一両になるのだ。ありがたいことこの上ない。

それにしても、と佐之助は思った。薬種問屋というのは、それだけ儲かるものなのだろう。薬九層倍《くすりくそうばい》か。極刑に処せられるというのに、偽薬づくりがあとを絶たないのがその証といえる。

「今日からということでよろしいか」

直之進が確かめる。すでに話は最後の詰めといってよいところまできている。

「けっこうでございます」

「倉田の部屋はどこになる」

「手前どもの隣の間ということでいかがでございましょう」

「それが一番だ。夜も依頼主から離れぬほうがよいゆえ。食事はどうなる」

「手前どもと同じ刻限でよろしゅうございますか。奉公人と一緒では気詰まりでしょうから、お部屋で召し上がっていただくことになりますが」

「おぬしは奉公人と一緒に食べるのか」

膝を乗り出し、直之進が民之助にきく。

「さようです。そうすることで、一緒に働く仲間なのだということを、はっきりと感じ取れるものですから」

「ならば、倉田にも一緒に食べてもらったほうがよいな。多少でも離れていては、万が一というとき間に合わなくなるかもしれぬ」

「さようですか。承知いたしました」

ほかに確認すべきことがないか、直之進が思案している。

「倉田、これでよいと思うが、おぬしからなにかきいておきたいことはあるか」

「いや、今のところない」

「そうか。では、俺はこれで行くが、かまわぬか」

「うむ、いろいろと世話をかけた。かたじけない」

「なに、よいのだ。俺たちは友垣だろう」

「そうだな、友垣だな」

いろいろあって、直之進とは命のやりとりをしたこともある。だが、それはすべて昔の話だ。

微笑した直之進が民之助に眼差しを注ぐ。

「というわけだ。古笹屋、俺は行く。倉田佐之助をよろしく頼む」

「こちらこそ、ありがとうございました。よい人を紹介していただきました。あの、湯瀬さま、これを」

手を伸ばし、民之助がおひねりを直之進に渡そうとする。

「いらぬ。別に周旋料を取っているわけではない」

「しかし――」

「本当によいのだ。俺が口入屋なら受け取るがな。俺にやる金があるのなら、倉田に上乗せしてやってくれ」

「承知いたしました」

それを聞いて直之進がすっくと立った。

「では、俺は行く」

佐之助も立ち上がった。あわてたように民之助も続く。

佐之助は外まで直之進を見送りに出た。

「湯瀬、これからどこに行く気だ」

「富士太郎さんに教えられた掏摸の元締のところだ。そのあと行けたら、白鬚の渡し場に行こうと思っている」

「おぬしも忙しいな。がんばってくれ」

「倉田もな」

顔を寄せて直之進が小声でいった。

「本当に襲ってくるかもしれぬぞ」

「おぬしを襲った連中だな」

「そうだ。伸びる錫杖に気をつけろ」

「わかっている」

「ではな」

佐之助と民之助に辞儀してから、直之進が歩きはじめた。すぐに江戸の雑踏にその姿はのみ込まれた。

民之助とともに佐之助は店の中に戻った。

「倉田さま、まずはうちの奉公人を紹介いたしましょう」

前もって民之助に言い含められていたのか、店の広間に奉公人が勢ぞろいしていた。全部で十人ばかりか。すべて男である。

民之助にうながされ、佐之助は奉公人たちの前に立った。

「こちらは倉田佐之助さまだ。今日からわしの警護に就いてくれるお方だ。みんな、よろしく頼むよ」

民之助は一人一人の名を呼んで、佐之助に紹介した。奉公人の名を、佐之助は確実に記憶していった。

奉公人との対面が終わったところで、民之助が部屋に案内するという。

「倉田さま、お荷物をお持ちください」

わかった、といって佐之助は客間に入り、風呂敷包みを手にした。

「こちらにいらしてください」

気軽にいって民之助自ら佐之助を案内する。

「さすがに奥行きがあるのだな」

長い廊下を行く民之助のあとを、佐之助はついていった。

「鰻《うなぎ》の寝床というやつでございますよ。江戸には上方が本店の店がとても多うございますが、うちもご多分に漏れず、もともとの本店は京でございます。京は、この手のつくりの家ばかりでございますよ」

「京へは行ったことがないが、よいところか」

「冬は寒く、夏は暑うございますね。古いお寺さんや神社の数では江戸に勝っていると存じますが、住みやすいかというと、手前は首をひねりたくなります。夏のあいだは線香のにおいばかりしておりますよ」

客間から十五間は来たのではないかというところで、民之助が足を止めた。

「こちらでございます」

佐之助を見やって民之助が襖を開けた。

清潔な六畳間である。畳が新しく、い草の香りが立っている。

「よい部屋だな」

「こちらをご自由にお使いくださいさい。厠はこの廊下の突き当たりにございます」

「わかった。おぬしの部屋は」

「こちらでございます」

民之助が指さしたのは、廊下を挟んだ向かいである。

佐之助は自分の部屋に荷物を置いた。

「あの、倉田さま」

「なにかな」

「一休みもできず、まことに恐縮なのですが」

「うむ」

「これから向島にまいりたいのでございます」

「向島か。別邸に行くのか」

民之助が大金をはたいて別邸を入手したことは、直之進から聞いている。

「さようにございます。接待に使えるように手を入れようと思いまして」

「承知した」

刀を腰に差し、佐之助は部屋を出た。

「じゃあ、ちょっと出かけてくるよ」

奉公人に断って、民之助が店を出た。

佐之助が用心棒についたこともあるのか、民之助は一人で向島に赴くつもりのようだ。

「ほかの供はつけずともよいのか」

民之助の後ろを歩きつつ、佐之助はきいた。後ろを歩くのは、依頼主の背後を守るためだ。依頼主の前を歩いていては、後ろから依頼主が斬りかかられた場合、対処することができない。

依頼主が前から襲撃された場合は、素早く前に進み出て、依頼主をかばえばよい。

「ええ、本来、うちの店は番頭も手代も一人で動くようにしつけてあります。手前の供をさせることで、余計な手間を取らせたくないですからね。時がもったいないですよ。その分、商売に励んだほうが稼げます。こうして倉田さまについていただきましたし、今の手前にはなんの憂いもございません」

「しかし古笹屋、一人、後ろをついてきている者がいるぞ」

「なんですって」

「あれは手代だろう。名は富花吉《とかきち》といったな」

「富花吉ですか。まったくしようがないやつだな」

あきれたようにいったが、民之助は笑っている。

「――ああ、本当に富花吉だ」

手を振り、民之助がこっちに来るように富花吉に命じた。

半町ほどの距離を置いてついてきていた富花吉は、犬のように喜び勇んでやってきた。

「富花吉、商売に励むようにいっただろうが」

目を怒らせて民之助が叱る。富花吉が上目遣いにあるじを見た。

「でも、どうしても旦那さまの身が案じられまして」

「倉田さまがいらっしゃるから大丈夫だ」

「古笹屋、まだ無理だ。富花吉は俺の実力を知らぬ」

「富花吉が、倉田さまの腕を疑っているとおっしゃいますか」

「そういうことだな」

「富花吉、倉田さまは江戸でも並ぶ者がないほどの腕前なんだぞ」

さすがにそれはいいすぎだろう、と佐之助は思ったが、なにもいわずに黙っていた。

「仕方ない、富花吉。一緒に来なさい」

「ありがとうございます」

民之助の前を、富花吉がいそいそと歩きはじめた。

この手代には、と佐之助は思った。もし民之助の身に万が一のことがあれば、あるじの身代わりになる覚悟と気迫が感じられた。

——民之助という男は、ずいぶんと慕われているようだな。

民之助も幸せだろうが、こういうあるじの店で働ける者はもっと幸せだろう。


向島に行くのに吾妻橋《あづまばし》を渡らず、わざわざ白鬚の渡しを民之助は使った。

不思議に思って佐之助が理由をただすと、手前は船が大好きなのでございますよ、との答えが返ってきた。

「歩くのも大好きですが、たまに船に乗りたいときは、必ず渡し船に乗ります」

白鬚の渡しを使って隅田川を渡り、佐之助たちは別邸に足を運んだ。

白髭神社から北へ三町ほど行った場所に別邸はあった。

隅田川がすぐ近くを流れ、鳥たちが空を横切ってゆく。風がゆったりと流れ、川面にさざ波を立ててゆく。

この景観はすばらしいな、と佐之助は感嘆した。

敷地のぐるりを築地塀《ついじべい》が巡っている。敷地内には母屋《おもや》に離れ、築山《つきやま》に泉水があり、東屋《あずまや》も建てられている。

「ここは何坪あるのだ」

広々とした邸内を眺めて佐之助はたずねた。

「三千二百坪ばかりと聞いております」

誇らしげに民之助が答える。

これで二千両というのは、と佐之助は思った。安い買物だったのではないか。はたきや箒、雑巾《ぞうきん》を手にした掃除の者がすでに入っている。庭の草刈りをしている者もいた。総勢で二十人はいるだろう。

「あの者たちは、掃除屋とでも呼ぶべき店から来ているのか」

「さようでございます。川治屋《かわじや》さんと申しまして、掃除をもっぱらにしている人たちでございます」

「川治屋は信用できるのか」

「はい、手前どもとはずいぶん古いつき合いでございます」

「川治屋とのつき合いは古くても、あの手の店の奉公人は頻繁に入れ替わっているだろう。奉公人すべてが信用できるとは限らぬぞ」

「ああ、さようにございますね」

　眉根を寄せて民之助が不安げな色を見せた。ふふ、と佐之助は笑った。

「一見したところ、怪しげな者は一人もおらぬ。誰もが生き生きと立ち働いている。あの分なら、大丈夫だろう。もし襲いかかってくる者がいたとしても、俺がおぬしを守る。安心してよい」

　民之助が胸をなで下ろす。

「そのお言葉を聞けただけで、倉田さまにお頼みしてよかったと心から思います」

　富花吉も、川治屋の者に混じって立ち働いている。

　二刻ばかりで掃除と草刈りが終わり、川治屋の者たちは、民之助からおひねりをもらって引き上げていった。

　別邸は見ちがえるほどきれいになった。

「やはりその道を究《きわ》めている者がやると、ちがうものだな」

　すっかり感心して佐之助はいった。

「さようでございましょう。お金がもったいないから奉公人を使えばよい、という者もおりますが、奉公人ではこれだけの仕事はできません。やはりお金を払う価値があるものだと手前は思います」

「掃除などに奉公人を使わず、商売に励んでもらったほうがよいと俺も思う」

川治屋の者たちに代わってやってきたのは茶道具屋である。おびただしい数の茶器を、大八車に載せて運んできた。一人があるじでもう一人が手代のようだ。

すぐさま荷をほどいて茶器を一つ一つ確かめ、どこにしまうか、民之助が茶道具屋に指示を出す。

茶道具屋も民之助と長いつき合いらしく、遠慮のない口を利いている。まさに勝手知ったるという様子で、元からこの別邸にしつらえてあったらしい棚に、茶器を手際よくしまってゆく。

茶道具屋の主従も民之助からおひねりをもらい、空の大八車を引いて帰っていった。

「今日はこれで終わりです。倉田さま、引き上げましょう」

笑顔で民之助がいった。汗だくだが、富花吉もきれいになった別邸に満足そうな顔をしている。

その富花吉が別邸の戸締まりをはじめた。広いからなかなか大変そうだ。

「では行くか」

塀に設けられている戸口から、佐之助たちは連れ立って外に出た。富花吉が、扉につけられている錠前に鍵をかけた。これでよし、とうれしげにつぶやく。

「まいりましょう」

笑みを浮かべて民之助が佐之助をいざなう。

「うむ、行こう」

別邸から半町も行かないところだった。ちょうど別邸の築地塀が切れる場所で、いきなり佐之助は剣気に包まれた。

塀の陰から出てきた男たちがずらりと道に並んだ。

六人か。即座に佐之助は見て取り、築地塀を背にするように民之助と富花吉にいった。

佐之助は二人をかばう位置に立ち、刀を抜いた。今のところは、右腕はちゃんと動く。

――こいつらは。

一人は僧侶の形《なり》をしている。錫杖を得物としていた。

こいつが例の男か、と佐之助は思った。この錫杖が伸びるのか。ふむ、そういうふうには見えぬな。なるほど、よく工夫されているということだ。

しかし、この者らは奥州街道で湯瀬に撃退された連中である。

この俺が古笹屋のそばについているにもかかわらず、またも襲ってくるとは、まったく能のない連中だ。

——よし、捕らえてやる。かかってこい。

だが、六人の男は覆面から目を光らせているだけで、動こうとしない。

こちらから行くわけにはいかぬぞ。必ず隙ができてしまうからな。

ここは動かず耐えるしかない。

そうすれば、我慢が切れて向こうから斬りかかってくるだろう。それを待てばよい。

「やるぞっ」

僧侶の形をした男が叫んだ。どうりゃあ、と気合を入れて突っ込んできた。

錫杖を持ち上げ、上段から佐之助めがけて振り下ろしてきた。まともにこれを受けたら、頭は豆腐のように潰れるだろう。

刀では弾き返すこともできない。錫杖を受け止めたら、確実に折れよう。体を寄せ合っている民之助と富花吉は、大きく目を開けて錫杖が落ちてくるのを見ているはずだ。

刀を持ち替え、佐之助は振り上げていった。僧侶の形した男の腕を両断することも考えたが、さすがにそこまでやるのはかわいそうな気がした。

俺も人が甘くなったものよ。これも湯瀬直之進の影響《せい》か。

佐之助の刀は僧侶の形をした男の両腕を打った。ぼき、と骨が折れる重い音がし、男の両腕が肘のあたりからだらりと垂れ下がった。勢いを失った錫杖はごろんと地面に転がった。

「あ、ああ」

自分の両腕を見て、僧侶の形をした男が呆然と声を上げる。

横合いから手代の富花吉に襲いかかった男がいた。

――なんと。

驚いたことに、民之助が富花吉をかばおうとして、前に出てきた。

素早く足を運んで、佐之助は刀を伸ばした。

佐之助の刀が刺客の肩先に入り、うおっ、と声を上げて男が後ろに下がった。

峰打ちだが、相当の打撃を受けたはずで、おそらく立っているのもしんどいだろう。

男の膝ががくがく揺れているが、必死にふんばって、打たれた肩を押さえている。覆面で見えないが、顔はゆがんでいるにちがいない。

「大丈夫か、富花吉」

民之助の心配そうな声が上がった。

その光景を目の当たりにして、佐之助は胸を打たれた。決してこの男を殺させてはならぬ。

佐之助は猛然と力がわいてきた。湯瀬に撃退できて、この俺にできぬはずがない。腕はまだまだ俺のほうが上だ。

あっさりと二人がやられたのを見て、残りの四人は戦意を失ったようだ。湯瀬直之進に続き、またもとんでもない遣い手とぶつかってしまったのを知ったのだろう。

同じ轍《てつ》は踏みたくない。その思いが、残った四人の覆面越しにありありと浮いていた。

僧侶の形をした男を一人が立ち上がらせ、もう一人が錫杖を拾い上げた。さらに別の一人が肩を打たれた男をかき抱いた。

「ひ、引くぞ」

引きつった声で最後の一人がいった。

六人の男は一斉にきびすを返した。あっという間にその姿は見えなくなった。

——なんともあっさりとしたものよ。

「さすがは倉田さまでございます」

一歩進み出て、民之助がほめたたえる。さすがに青い顔をしているが、気持ちは落ち着いてきているようだ。

「怪我はないか」

「はい、おかげさまで」

「しかし古笹屋、無茶をするものよ」

「はい、咄嗟《とっさ》のことで。なにも考えず体が勝手に動いておりました」

富花吉は感謝の眼差しで民之助を見ている。畏敬《いけい》の念はさらに深まったことだろう。

刀を鞘にしまおうとして佐之助は、むっと顔をしかめた。右腕がまたも利かなくなっている。力を込めて、かろうじて納刀した。

よくなっているはずではなかったか。僧侶の形をした男の腕を打ったからかもしれない。あのときかなりの衝撃があった。

退散してゆくやつらを捕らえようという気が起きなかったのは、このせいだったのかもしれない。下手に追っていたら、返り討ちに遭っていたのではないか。いや、さすがにそこまでのことはあるまいが、決して楽観はできぬ、と佐之助は思った。

四

足を止め、障子戸を静かに叩いた。

「珠吉、いるかい」

「はい」

女の声で応《いら》えがあり、障子戸が横に滑った。

「これは樺山さま」

目の前に立っているのは、珠吉の女房のおつなである。すぐに深く腰を折って朝の挨拶をしてきた。富士太郎は快活に返した。

「おつなさん、ずいぶん久しぶりだね」

「すみません、ご無沙汰してしまって」

「いや、こちらこそすまなかったね。番所につとめているのだから、ここにもちょくちょく顔を出せばいいのにね。——それで、おつなさん、珠吉は大丈夫なのかい」

「ええ、大したことはないように見えるんですけど、今日は仕事ができそうもないって、しょぼくれているんですよ」

「会えるかい」

「もちろんですよ」

失礼するよ、と軽く頭を下げて富士太郎は長屋に上がり込んだ。長屋は二間のつくりである。奥の一間に布団が敷いてあり、珠吉が横になっていた。

「大丈夫かい、珠吉」

珠吉があわてて起き上がろうとした。

「いてて」

「ああ、無理をしなくていいよ。横になっていな」

「すみません」

明らかに珠吉は落ち込んでいる。

「まさか昨日のあの程度のことで、こんなざまになっちまうなんて」

「腰が痛いのかい」

「さいで。ちょっとでも動くと、ひどい痛みが走るんです」

「昨日の医者は藪だったね。こんなに悪いなんて、いっていなかったもの。大丈夫、今日はもう歩けるっていっていたじゃないか」

「旦那、お医者が悪いんじゃありませんよ。あっしの体は、もうがたがたなんですよ」

「そんなことはないさ。でも仕方ないね。今日はゆっくり休んでおくれ」

「ええ、よくわかっておりやす」

「この分なら、夜遊びもできないね」

おつなに聞こえないように富士太郎は小声でいった。

「あっ、まさか、昨日、あれから夜遊びに出かけて、それで腰を悪くしたんじゃないだろうね」

「昨日はおとなしくしていましたよ」

「それならいいんだけどね。じゃあ、珠吉、おいらは行くよ」

「はい、すみません、お役に立てず」

「たまにはいいよ。ゆっくり休みな。しかし珠吉、こんなことは初めてだね」

「ああ、そうですかねえ」

「そうだよ。珠吉がおいらの中間をつとめはじめてから一度もなかったよ」

「すみません、旦那」

「別に謝ることじゃないよ」

「それで旦那、あっしの代わりに興吉を使ってみちゃ、くれやせんか」

上目遣いに富士太郎を見て、珠吉が勧めてくる。

「おいらもそういうふうに考えて、もう与力の荒俣さまの許しをもらってきたよ」

「そりゃ手回しがいいですね」

「珠吉が、今日は仕事ができないなんていってくるのは、よほどのことだからね。珠吉は多少痛くても、必ず無理するじゃないか。そんな珠吉ができませんっていうんだからね」

「はあ」

珠吉がため息とも返事ともつかない声を出した。

興吉を推薦してくるっていうのは、と富士太郎は思った。珠吉も後継者として興吉の実力をみたいと思っているのかもしれないね。

おつなに珠吉のことをよくよく頼んでから、富士太郎は長屋を出た。

与力の荒俣土岐之助から伝えられたようで、大門に行くと、興吉が富士太郎を待っていた。

「興吉、珠吉の代わりに今日一日かもしれないけど、おいらの中間をつとめてもらうことになったよ」

興吉は満面の笑みである。

「樺山の旦那、本当にあっしなんかでいいんですか」

「もちろんさ。珠吉が動けないってわかったときに、おいらの頭に一番に浮かんできたのは、興吉の顔だからね」

「ありがとうございます。樺山の旦那と一緒に働けるなんて、この上ない喜びですよ。ところで珠吉さんは大丈夫なんですか」

「腰の痛みがひどいらしいよ。今日一日でよくなってくれればいいんだけど」

「そうですねえ」

興吉、と富士太郎は元気よく呼びかけた。

「今日こそ岡右衛門一味の殺しの証拠を挙げるよ。期待しているからね」

「任せてください」

興吉も張り切った声を出した。

大門を出ようとして、おや、と富士太郎はまたも人の気配を感じた。大門の陰である。

静かに歩み寄り、富士太郎がのぞき込むと、またも羽佐間壱ノ進がしゃがみ込んでいた。

「羽佐間さん、大丈夫ですか」

「あ、ああ」

壱ノ進が見上げてきた。瞳に力がない。

「立ちくらみですか」

「そうだ。ここに来ると、急に目の前が暗くなる」

「さようですか。羽佐間さん、今から医者に行きましょう」

壱ノ進がかぶりを振る。

「富士太郎、すまぬ。もう大丈夫だ」

「まことですか」

「ああ。わしはきっと仕事をもうしたくないのだろう。だから、番所まで来ると、体のほうがいやだといって、突っぱねようとするにちがいないのだ」

「そのようなことがあるのですか」

「気からくる病だと聞いたことがあるな」

「それも医者で治るのですか」

「さあ、どうかな」

背筋を伸ばしてしゃんとし、壱ノ進が富士太郎を見る。富士太郎の後ろに興吉が控えているのに気づいたようだ。

「おや、今日は珠吉ではないのか」

「ええ、珠吉は腰を痛めまして」

「ほう、珍しいこともあるものだ。大事にするように伝えてくれ」

「はい、わかりました。羽佐間さまも」

壱ノ進がにやりとする。

「わしはもう大丈夫だ」

急ぎ足で壱ノ進が去ってゆく。

一歩前に踏み出して、興吉が小さくなってゆく壱ノ進の後ろ姿を見ている。

「羽佐間さまのご内儀は、重い病にかかっておられるそうですよ」

「ええっ、本当かい」

富士太郎はまったく知らなかった。

「初耳だよ」

「ええ、あっしも噂でしか聞いていないんですが、なにやら胸がお悪いらしいですよ」

「胸かい。胸の病は長引くと聞くねえ」

羽佐間壱ノ進は金に困っているのだろうか。勤続三十年といっても、金に転ぶことはあるかもしれない。

――いや、なにをいっているんだい。羽佐間さんに限ってそんなことがあるわけないじゃないか。おいらはいったいなにを考えているんだい。

「よし、興吉、行くよ」

富士太郎は興吉とともに歩き出した。

「どこに行くんですかい」

「小石川陸尺町だよ」

「あの町に誰かいるんですかい」

「掏摸の元締だよ。糴吉というんだ」

「どうして掏摸の元締に会うんですかい」

「掏摸のことを知りたいからだよ。掏摸のことをきくなら、やはりそれを生業にしている者が一番だろうからね」

「はい、わかりました」

急ぎ足で歩き、富士太郎たちは半刻ばかりで陸尺町にやってきた。

格子戸のついた入口をくぐり、富士太郎は戸口に立った。

「櫂吉、いるかい」

どんどんと戸を叩いた。

「返事をしないと、この戸を蹴り倒すよ」

中で人の気配が動く。からりと戸が開き、櫂吉が顔を見せた。

「誰かと思ったら、樺山の旦那じゃありませんかい。ずいぶん乱暴な口を利かれますね。お父上に似てきましたぜ」

「櫂吉、父上を知っているのかい」

「そりゃ、知ってますよ。幸いにもお世話にはなっていませんけど、凄腕として知られたお方ですからねえ」

「父上は凄腕だったのかい」

「そりゃそうですよ。樺山の旦那はその血を継いでいらっしゃるんでしょうが」

「おいらは父上に似ているかい」

「似てらっしゃいますよ。近頃は特に似てきたように思いますね」

「そうかい」

　これは喜ぶべきことなんだろうね、と富士太郎は思った。

「それで樺山の旦那、こんなに朝早く、どうしたんですかい」

「もう早くもないよ。五つ半にはなったはずだよ」

「あっしにとって、五つ半なんて夜明け前みたいなものですよ」

「八十吉の話を聞きに来たんだ」

「またですかい」

「そうだよ。悪いかい」

「いえ、かまいませんけど」

　櫂吉が興吉に目をやった。おや、という顔をする。

「興吉のことを知っているのかい」

「いえ、初めてのお方です。ねえ」

「はい」

「珠吉さんはどうしたんですかい。ついに隠居されたんですかい」

「そうじゃないよ、ちょっと腰を痛めてしまったんだ」

「珠吉さんも歳ですからね」

「そうじゃないよ。昨日ちょっとあってさ」

「捕物ですかい」

「似たようなものさ。それよりも櫂吉、早く中に入れておくれよ」

「あっ、これは気づきませんで——」

富士太郎と興吉は座敷に通された。

「櫂吉、この家で一人暮らしをしているんだったね」

「さいですよ。でも片づいているでしょう。配下どもに掃除をやらせているんですよ。配下どもにやらせれば、ただですからね」

「あいかわらずせこいねえ」

「それで樺山の旦那、八十吉の話ってことでしたけど」

「うん、そうだよ。ああ、その前にいいかい。昨日、湯瀬直之進さんという人が訪ねてこなかったかい」

「いえ、見えてませんが」

「ああ、そうかい。用事でもできたのかな。櫂吉、必ず湯瀬さんという人が訪ねてくるから、無礼な真似をするんじゃないよ。丁重にお迎えするんだよ」

「はあ、わかりました。湯瀬直之進さまですね。大丈夫です。覚えました」

息を入れ、富士太郎は軽く咳払いした。

「櫂吉、八十吉とは同じ信州の出だったね。掏摸になるように若い頃の八十吉を誘ったのも、おまえだったね」

「はい、さようで」

「櫂吉、前においらが八十吉のことを聞きに来たとき、十二、三年前に八十吉の腕を妬《ねた》んで半殺しにしようとした者がいたといったね。覚えているかい」

「ええ、確かにいいやしたね」

「何人かで八十吉を襲おうとした。そいつらの名を教えてくれるかい」

「お安い御用ですよ。あれは、四人でしたね。大兵衛《だいべえ》に久吉《ひさきち》、保之助《やすのすけ》、それに隅三ですよ」

「その四人は今どうしている」

「三人は首を落とされましたよ。掏摸で長生きできる者はそういませんからね」

おまえはそのうちの一人なんだよね、と富士太郎は思ったが、口には出さなかった。

「存命しているのは一人だけか。そいつは誰だい」

冷静な口調で富士太郎はたずねた。

「隅三ですよ。二つ名は小鬼《こおに》」

「小鬼の隅三かい。どうして小鬼と呼ばれているんだい」

「体は小さいんですけど、鬼のような残虐さや執念深さがあるからですよ」

「ふーん、いやなやつだね」

「ええ、あっしも、小鬼の隅三とはあまり関わりたいとは思わねえ」

「へえ、權吉でもそうなのかい」

小鬼の隅三という名を、富士太郎はこれまで聞いたことはない。だが、なにか引っかかるものがある。

そういえば、と富士太郎は思い出した。直之進さんが白鬚の渡し近くで引っ捕らえた掏摸は、小柄だったといっていた。

「その小鬼とやらの身《み》の丈《たけ》はどれくらいだい」

「五尺に満たないでしょう」

「隅三っていう男は、もしや一度捕まったことがあるかい」

「ああ、あるかもしれませんね。まだ若い頃の話ですね」

「小鬼の隅三は今どうしている。櫂吉、知っているかい」

「確か、向島のほうを縄張に荒らし回っているんじゃないですかねえ」

やはり向島か、と富士太郎は思った。

「小鬼の隅三が八十吉を殺ったということは、考えられるかい」

「さて、どうですかねえ」

小首をかしげて櫂吉が考え込む。

「ないような気がしますねえ」

「どうしてそう思うんだい」

「小鬼の隅三は、八十吉と同じくらい腕がよかったんですよ。それにもかかわらず、仲間から妬まれるようなことが一切なかったのは、立ち回りがうまかったからでしょう。小鬼の隅三が八十吉を半殺しにしようという企てに加わったのは、兄貴分の連中にいわれたからに過ぎませんぜ。その兄貴分たちは、今はもう一人もこの世にいませんからね。実際、兄貴分がすべて捕まったのは、隅三が密告したからではないかって、あっしはにらんでいますよ。目の上のたんこぶのような連中をひそかに屠《ほふ》ってのし上がり、やつは今の地位を築いたんでしょう」

「なるほど、小鬼というにふさわしい男なんだね」

「それはもう、すさまじいものですよ」

そうかい、といって富士太郎はしばらく黙り込んでいた。

「耀吉、おまえ、高久屋岡右衛門という男を知っているかい」

背後で興吉がぴくりと動いたのを富士太郎は感じた。

「ええ、知ってやすぜ。錠前屋ですね」

「裏でなにかしていると、聞いたことはないかい」

「高久屋ねえ」

腕組みをし、耀吉は思い出そうとしている。ちらちらと富士太郎の背後を気にして瞳が動いている。興吉を見ているのだ。

「興吉がどうかしたかい」

「えっ、いえ。珠吉さんに比べたら、ずいぶん若いな、と思いましてね」

「おいらと同い年だよ」

「じゃあ、二十一ですかい」

「そうだよ、よく知っているね」

「あっしが樺山の旦那の歳を忘れるなんてことは、ありませんぜ」

「ありがとよ。——耀吉、高久屋岡右衛門のことを早く教えてくれないかい」

さいでしたね、といって色の悪い舌で櫂吉が唇をなめた。

「悪人同士の仁義というんですかね、あっしもさすがに岡右衛門を売るような真似はできねえんですが、樺山の旦那、銭形屋《ぜにがたや》のことを調べたら、おもしろいかもしれませんぜ」

「銭形屋……」

知った店かと首をひねってみたが、富士太郎には覚えがない。

「なんだい、その銭形屋ってのは」

「あっしの口からはいえませんや」

「わかったよ、おいらが調べればいいんだね」

「例繰方におききになれば、すぐにわかるはずですよ」

「銭形屋では、なにかしらの事件があったんだね。それを調べれば、おもしろいことがわかるというんだね」

「おもしろいかどうかは、あっしにはわかりませんや。かもしれませんぜ、という程度のことですよ」

それでも当たってみる価値はある、と富士太郎は判断した。

「忙しいところありがとね」

「別に忙しくはありませんよ」

「そんなのは知っているよ」

にこりと笑いかけて欅吉と別れ、富士太郎はいったん興吉とともに南町奉行所に戻った。

「ちょっとここで待っていてくれるかい」

「へえ、わかりやした」

大門に興吉を置いて、富士太郎は例繰方の詰所に向かった。

「羽佐間さん」

書庫にいた壱ノ進に、富士太郎は声をかけた。おう、といって壱ノ進が笑う。

「よく来たな、富士太郎」

「羽佐間さん、お体の具合はいかがですか」

「おかげで、あれから立ちくらみはない。朝はどうも具合が悪くてな——」

「二度もですからね。お医者に診てもらったほうが、よろしいのでは——」

「医者は嫌いなんだ」

ややきつい口調で羽佐間がいった。内儀のことは本当かもしれないね、と富士太郎は思った。思うように病が治らないのではないか。

「——富士太郎、それでなんの用だ。また調べてほしいことでもあるのか」

「さようです」

丁重な口調で富士太郎は用件を告げた。

「ふむ、銭形屋か」

首をひねって壱ノ進がつぶやく。

「そういえば、そんな店絡みの事件があったな。あれはいつのことだったか」

わずかにうつむき、壱ノ進はしばし考え込んでいた。

そのまじめな顔を見ていると、不正など、まったくはたらきそうに思えなかった。今の仕事に命を捧げているのが、はっきりとわかる顔つきである。

——そうだよ、この人が岡右衛門に魂を売るなんてことがあってたまるかい。

顔を上げた壱ノ進が、そういえば、と思い出したようにいった。

「銭形屋というのは、両替商だった」

「ほう、さようですか」

「確か十五年近く前の事件だな。銭形屋は盗みに入られたのだ」

「十五年前。そんなに前の事件ですか……」

もっとも、壱ノ進にそんなに昔だという気持ちはないかもしれない。直之進の依頼で、二十五年前の磐井屋という口入屋の押し込みの件をきいた際、さほど昔のことではないな、といったものだ。

「書類を繰るまでもない。わしははっきりと思い出した」

高ぶる気持ちを抑え込んで、富士太郎は壱ノ進が話し出すのを待った。

「押し込みに入られたわけではない。ゆえに銭形屋の者は一人も死んでおらぬ。三百両という大金を奪われただけだ」

「三百両ですか。かなりのものですね」

「まあ、そうだな。実は、銭形屋が盗みに入られる前、担当の定廻り同心には、さる知らせが入っていた。盗人が左柄屋《さがらや》という両替商を狙うという知らせだった。だから、その定廻り同心は左柄屋に大勢の捕手を伏せさせ、万全の態勢をととのえた」

「はい」

ごくりと唾を飲み込んで、富士太郎はうなずいた。

「だが、左柄屋に盗人どもは向かわず、銭形屋に忍び入ったのだ」

「えっ、そのようなことがあったのですか」

岡右衛門が富士太郎に食らわせた空振りとは若干異なるが、十五年前の定廻り同心もまんまとはめられたのであろう。

「ものの見事に賊にしてやられたのは、富士太郎、おぬしの父親よ」

「ええっ」

さすがに富士太郎は目をみはった。ということは、親子そろって賊にしてやられたということか。

富士太郎の父は一太郎《いちたろう》といい、耀吉などの話も勘案してみると、どうやら辣腕《らつわん》の定廻りとして知られていたらしい。

「父上にそのようなことがあったのですか」

「ああ、そうだ。一太郎どのがいくら凄腕の同心といっても、いつもいつも探索や捕物がうまくいっていたわけではない。しくじることもあった。だが一太郎どのは、いつもそれを全力で取り返そうとしていた。富士太郎、それはおぬしも同じだろう」

「は、はい」

「やはり血というやつだな」

岡右衛門一味に空振りを食らわされ、大きなしくじりを犯したとはいえ、先輩同心や上司の与力から、文句らしい文句は一つも出なかった。

誰にでもしくじりはある。肝心なのは、それを繰り返さぬことだ、と誰もが知っているのである。

それだけでなく、富士太郎も一太郎と同じように、こたびのしくじりを必ず取り返すに決まっている、との期待も番所内では大きいのかもしれない。

「その後、盗人の内通者として捕らえられた者があった。岡っ引だった。名は確か石之助《いしのすけ》といったな」

「捕らえたのは父上ですか」

「いや、雄市《ゆういち》だ。富士太郎、雄市は知っているな」

「腕利きの岡っ引だと耳にしています。今はもう隠居していますね」

「雄市というのはいい噂を聞かぬ男だが、一太郎どのは重用していた。いざというときに役に立っていたからであろう」

父が雄市を大事に扱っていた理由が知れた。ふむ、とつぶやいて富士太郎は銭形屋のことを調べるようにいってきた櫂吉の顔を思い浮かべた。

櫂吉はつまり、おいらが岡右衛門に空振りを食らわされたことを知っているということだね。裏街道を行く者だから、その程度のことはいくらでも耳に入ってくるのだろう。

そして、町奉行所内に内通者がいることも、知っているにちがいない。櫂吉は富士太郎に、その示唆を与えようとしているのではあるまいか。

富士太郎は岡っ引を使っていない。犯罪者上がりがほとんどというのが気に入らないのだ。珠吉は中間だ。いま岡っ引のような働きをしている者というと、誰だろうか。

——興吉か。

興吉は非番の昨日、岡っ引のような真似をしていた。

そういえば櫂吉は、興吉をちらちらと見ていた。あれは、興吉のことを知っているからではないか。

考えすぎだろうか。

はっとして、富士太郎は眉根を寄せた。珠吉の腰痛というのは、もしや仮病ではないか。医者だって、今日はもう大丈夫のはず、といっていたのだから。

きっと珠吉は、興吉のことを内通者として疑っているにちがいないよ。

もしや興吉のことを、いま一人で調べているのではあるまいか。

きっとそうだ。そうにちがいないよ。

壱ノ進に礼をいって、富士太郎は例繰方の書庫をあとにした。

五

かすかに眉を動かしたのが知れた。

「どうした、耀吉」

じっと顔を見ていた直之進はすぐさま耀吉にただした。

「なにやら驚いたようだが」

へえ、と耀吉が細い目を丸くする。

「あっしが驚いたって、湯瀬さま、よくおわかりになりましたね」

「眉が動いたからな」

「さいですかい。だったら、ちとこれからは気をつけなきゃいけねえな。配下に心の動きを読まれたら、ことだ」

「ところで耀吉、なにに驚いた」

「いえ、実は湯瀬さまと同じことを、きかれたばかりだったものですからね」

「誰にきかれた」

「あっしを湯瀬さまに紹介されたお方ですよ」

「富士太郎さんか」

細い目を光らせて糴吉がうなずいた。

「富士太郎さんもここに来たのか」

「ええ、先ほど樺山の旦那がいらして、掏摸のことをきいていかれました。湯瀬さまに無礼を働いたら、ただじゃおかないよ、とすごまれました。樺山の旦那は湯瀬さまに惚れているんですかね」

「いや、そんなことはあるまい。今はちゃんとした許嫁《いいなずけ》もいる」

「えっ、そうでしたか。お祝いを上げないといけねえな。——湯瀬さまのおっしゃる小柄な掏摸というのは、まちがいなく小鬼の隅三のことでしょう」

「小鬼の隅三……」

あの小さな男は、二つ名がつくような男だったのか。

「隅三というのは大物なのか」

「そうですね、今では大物といっていいでしょうねえ。もう掏摸だけじゃありませんからねえ。殺しも請け負っているって話も聞きますぜ」

殺しもか。あの小柄な男は極悪人だったのだ。掏摸一味の一人ぐらいにしか思わなかったせいで、結局逃がしてしまったのだ。

「おぬし、小鬼の隅三の居どころは知っているか」

「いえ、知りやせん」

素っ気なく櫂吉が答える。

「あの男と、つき合いはもうまったくありやせんから」

本当は知っているかもしれないが、櫂吉はそこまで話す気はないのだ。おそらく富士太郎たちにも話していないだろう。

この手の男に脅しは通じない。

「小鬼の隅三の縄張は向島か」

「さいですね、あのあたりでしょうね」

こちらの知りたいことをぶつければ、答えてはくれるようだ。

「小鬼の隅三は、かなりの人数を使っているのか」

「それはもうなかなかのものですよ。手下《てか》は十人ではきかないでしょう」

ならば、と直之進は奥州街道で襲ってきた六人の刺客を脳裏に描いた。あの者たちは、手下なのか。それとも雇われた者なのか。とにかく、明らかに俺を亡き者にしようとしていた。

「殺しもしているといったな」

ええ、と櫂吉が首肯《しゅこう》した。

「やっていますよ、まちがいなく」

櫂吉は悪人といえど、殺しはしないのだろう。掏摸の元締なら、当たり前か。

一息つき、直之進は目をぎらりと光らせて櫂吉を見た。直之進の目を見て、櫂吉がわずかに息をのんだ。

「昨日、古笹屋のあるじが六人組に襲われた」

昨晩、佐之助からの連絡《つなぎ》が米田屋に届き、直之進の知るところとなった。

「ほう、そのようなことがあったのですか」

「小鬼の隅三の仕業かもしれぬ。隅三には、古笹屋を狙う理由があるのか」

「古笹屋さんを襲うわけねえ……」

眉根を寄せ、櫂吉が厳しい顔をした。

「古笹屋さんのあるじの民之助さんは、とてもいいお方ですよね」

「おぬしも知っておるのか。うむ、その通りだ。昨日襲われたときも、おのが身よりも手代を守ろうとしたそうだからな」

このことも佐之助が知らせてくれたのだ。

「民之助さんなら、そういうことは十分にあり得ましょうね。自分の身よりも人のことを、第一に考えるお方だから」

「おぬし、古笹屋について詳しいのか」

「さほどでも。しかし、あの店の薬はときおり買いに出かけますから、民之助さんとはそのときに必ず話をさせてもらいます。優しい人柄がにじみ出ていますね。それに、あの店は値段の割によく効く薬をそろえてますぜ」

「おぬし、どこか悪いのか」

ははは、と櫂吉が乾いた笑い声を上げた。

「悪いところだらけですよ。歳を取ると、いろいろなところが一斉に悪くなっちまう。そりゃ、びっくりしますぜ。若い頃には思いもしねえこってすよ」

そうか、と直之進はいった。この男、四十代半ばのはずだが、確かに六十くらいに見える。やはり悪さをしていると、気が休まらず、人より早く歳を取るということか。

「古笹屋と小鬼の隅三は関わりがあるのか」

直之進は新たな問いを発した。それに櫂吉は答えず、別のいい方をした。

「民之助さんは優しい人なんですけど、ちと他人に厳しすぎるところがありましてねえ。今はだいぶ変わったんでしょうけど、若い頃は……」

櫂吉が言葉を濁す。

　これはじかに民之助に確かめるほうがよかろう。直之進は櫂吉に礼をいい、古笹屋に向かった。


　昨日襲われたためか、民之助は店でおとなしくしていた。むろん用心棒をつとめる佐之助も一緒である。

　直之進は客間に通された。

「古笹屋どの、隅三という男を知っているか」

　民之助と対座するや直之進はすぐさま問いを放った。

「隅三というのは、小鬼という二つ名を持つ掏摸らしいが」

「いえ、そのような者は存じません」

「小柄な男だ。俺が白鬚の渡し場近くで捕らえた掏摸で、向島を縄張にしているらしい。昨晩、古笹屋どのは六人組に襲われたそうだが、どうやら奥州街道で俺を襲った連中と同じのようだ。そいつらは隅三の手下でまちがいない」

「なんたることだ」

　呆然として民之助が絶句する。

その様子を見て、佐之助が語り出した。

「とにかく誰がおぬしを狙っているのか、それだけははっきりしたようだ。それがわかれば、防ぎようもあろう」

倉田のいう通りだ、と直之進は思った。相手が誰かわかれば、こちらから攻勢をかけることもできぬ話ではないのだ。

民之助は、近々また向島の別邸に行くという。向島を縄張とする隅三がその機会を見逃すはずはない。隅三の襲撃に備えなければならない。

民之助、佐之助と手はずを話し合って、直之進は気持ちを新たにした。

六

神妙な顔をしていた。

「まったく珠吉ったら、ひどいよ」

口をとがらせて富士太郎は不満を述べた。

「すいやせん」

珠吉は平身低頭の体だ。

すでに布団は上げられている。珠吉は薄縁《うすべり》の上に正座していた。斜めから射し込んだ朝日が富士太郎の足元に延びてきている。

今朝、町奉行所に出仕した富士太郎は敷地内の中間長屋に珠吉を訪ねたのだ。

「昨日の夕刻、おいらはここに来たんだよ。でも珠吉は出かけていたね」

「医者に行っていたんですよ」

「嘘はいけないよ」

珠吉がじっと富士太郎を見る。情けなさそうな顔をつくった。

「ばれちまいましたか」

「当たり前だよ、いつからのつき合いだと思っているんだい。おいらは、珠吉におしめを替えてもらったことがあるんだよ」

「さいですね。立派な物をさんざん拝ませていただきましたよ」

「冗談をいっている場合じゃないよ」

富士太郎はぴしゃりといった。

「すみません」

珠吉が首をすくめる。

「珠吉、仮病を使ってなにをしていたんだい」

「旦那は、もうわかっているんじゃないんですかい」

隣の間にいるおつなに聞こえないように、体をそっと寄せ、富士太郎は珠吉にささやきかけた。

「やはり興吉のことを調べていたんだね」

「さいですよ。旦那も興吉が怪しいとにらんだんですね」

「実はこんなことがあったんだ」

富士太郎は掏摸の元締の櫂吉から伝えられた銭形屋の事件のことを告げた。

「銭形屋ですかい」

思い出すように珠吉が目を閉じる。

「ええ、ええ、いわれてみれば、そんな事件もありましたねえ。すっかり忘れていやしたよ。旦那のお父上が賊にはめられた一件ですね。いいわけになりやすが、あっしはあのとき、捕物で負った怪我が長引いて、お父上のそばについていなかったんですよ。頭をやられちまいましてね、あの頃の記憶が今でもちと怪しいんですよ」

「そりゃ初耳だ。珠吉、頭をやられて大丈夫だったのかい」

「あれ以来、物覚えが悪くなったような気がしますが、せいぜいがその程度で、日々の暮らしにはなんの障りもありやせん」

頭をさすって珠吉が富士太郎を見る。

「銭形屋の一件を聞かされて、旦那は、ひょっとして今度も同じかもしれない、興吉が怪しいと思ったんですね」

「そうだよ。どう考えても、番所を裏切るような者はほかにいないんだ。これまで裏切り者がいるなんて考えもせずに仕事をしてきたけど、岡右衛門の一件を調べだして、急にだからね。新参者の仕業に決まっているんだよ。興吉は新参者といっていいだろう」

「ええ、興吉は新参者ですよ」

「素性《すじょう》は」

「あっしが調べた限りでは、興吉は柿兵衛《かきべえ》という男のせがれです」

「その柿兵衛というのは何者だい。なにか聞いたような名なんだけど」

「それも当たり前ですよ。岡っ引ですから」

「ああ、岡っ引だったのかい。それで」

富士太郎は先をうながした。

「興吉は柿兵衛の妾《めかけ》が産んだ子です。岡っ引なんて、もともと女房なんていない者がほとんどですが、柿兵衛という男は女房もいて、妾もいたんですよ」

「ふーん、そうなのかい」

「その柿兵衛が十五年ばかり前に死に、興吉は妾だった母親に引き取られました」

うん、と富士太郎はうなずいた。

「その母親は、おすがといいましてね、口入屋を介して新たに妾奉公をはじめたんでさ」

「誰の妾になったんだい」

なんとなく想像はついたが、富士太郎はたずねた。

「もうわかっている顔でやすね。ええ、先代の岡右衛門ですよ」

「先代の岡右衛門か。ならば、当代の岡右衛門と興吉は、もちろん知り合いだろうね」

「当代の岡右衛門から見ると、興吉は父親の妾の連れ子になりやすね。実際に二人が知り合いかどうか、あっしの調べは及ばなかったんですが、当代の岡右衛門が先代の岡右衛門に連れられて妾宅に行っていたとしても不思議じゃねえ」

「そのときに知り合い、仲がよくなったのかもしれないね」

「歳は当代の岡右衛門のほうが興吉より十近く上でしょうが、歳の離れた弟のごとくかわいがったかもしれやせん」

「興吉の母親は今どうしているんだい。おすがといったけど」

「三年ばかり前に亡くなったそうです。病ですよ」

そうかい、と富士太郎はいった。

「ところで、岡っ引の柿兵衛はどうして亡くなったんだい。珠吉の口ぶりからして病じゃないような気がするね」

珠吉がにこりとする。

「さすが旦那ですね。鋭いですよ。柿兵衛は捕物で負った怪我がもとで、死んでしまったんですよ」

「斬られたのかい」

「太ももを賊に刺されたんですよ。最初はすぐに治るといわれていたようですけど、結局は駄目だった」

珠吉が残念そうな顔を見せる。

「捕物で死んだ岡っ引のせがれっていうことで、興吉は小者として番所に雇われたのかい。雇われたのは三年半ばかり前かな」

「ええ、そのくらいでやしょう。番所内には、捕物で死んだ柿兵衛に対する負い目と同情があり、興吉はあっさりと採用になったみたいですね」

「母親が先代の岡右衛門の妾だったことは、問題にならなかったのかい。先代の岡右衛門が盗みを働いているらしいことは、番所もつかんでいたんだろう」

「先代の岡右衛門は晩年、心を入れ替えたのか、ずいぶんおとなしくなりましてね、悪さはせず、表向きは錠前屋になりきっていましたよ。興吉の母親が先代の岡右衛門の妾だったことはちょっと調べればすぐにわかったはずですけど、同情、負い目が先にきて、身元調べはちとおざなりになったようでやすね。興吉の母親も、先代の岡右衛門のことについては、口をつぐんでいたようでやすよ」

ふむう、と富士太郎はうなった。さて、これからどうすればいいのだろう。だが、すぐにはいい手は浮かばない。

ところでさ、と富士太郎は時を稼ぐようにいった。

「珠吉は昨日一日だけでそこまで調べを進めたのかい。どうやったら、そんなことができるんだい」

「なに、たやすいこってすよ。まず柿兵衛の娘に会ったんでやすよ。柿兵衛とはさして親しいとはいえなかったが、決して知らない仲じゃなかったですからね。

柿兵衛の娘には、今も幼かった頃の面影がありましたよ。柿兵衛の娘にまず話をきき、それで別の者に会うという感じで、芋づるを手繰《たぐ》るように、次々に新たな者に話をきいていったんでやすよ」

「ふーん、さすがは珠吉だね。探索の手際がすごいよ」

へへ、と珠吉が照れたように笑う。

「でもあっしには、旦那に白状しなきゃならねえことがありやす」

「えっ、なんだい、白状しなきゃいけないことって」

「何日か前のこと、あっしが夜遊びをしているからって、あっしの浮気を旦那が疑ったことがありやしたね」

「ああ、あったよ。白状ってことは、浮気は本当なんだね」

「旦那、目を三角にしないでおくんなさいよ。あっしは浮気も夜遊びもしていませんぜ」

「だったら、なにをしていたんだい」

「実は八十吉が害された場所を一人で探し回っていたんですよ」

「ええっ。一人でだって。どうしておいらに黙ってそんな真似をしたんだい」

富士太郎の口調は自然にとがらざるを得なかった。それにしても、思いも寄らないことを珠吉はしたものだ。

「あまりに眠れなくて、夜がずいぶんと長く感じたものでやすからね。だったら、と思って一人で回ってみやした」

「もしかしてそれは夜を徹してってことかい」

「さいですよ」

なんでもないことのように珠吉がさらりと答えた。

「いくら眠れないからって、珠吉、そんな無茶をしちゃ駄目じゃないか。夜はちゃんと寝て、休息を取らなきゃ。そのためにお天道《てんと》さまが沈んでくれるんだよ。珠吉、わかっているのかい」

「もちろん、わかっていたんですけど、いても立ってもいられなくて。あっしはなんとしても、旦那の役に立ちたかったんですよ」

「その気持ちはとてもありがたいけどさ」

珠吉が一人、真っ暗な町中を調べ回っている光景が脳裏に浮かび、富士太郎は涙が出そうになった。

「それで旦那、あっしは例の願祐寺も、そのときすでに調べてあったんですよ」

「願祐寺というと、このあいだおいらたちが襲われた破れ寺だね」

「ええ、あの寺ですよ。あっしが夜中に明かりをともして、半分崩れた本堂に入って調べたとき、床に血の跡もなけりゃあ、指も落ちていなかったんですぜ」

「本当かい」

「ええ。ですから、あのときもうあっしは興吉を疑っていたんです」

「なるほど、血の跡や指は岡右衛門たちが捏造《ねつぞう》したんだね。しかし、どうして岡右衛門たちはそんな真似をしたんだろう」

「決まってますよ。旦那を屠《ほふ》るためですよ」

むう、とうなって富士太郎は目を光らせた。

「やはり、岡右衛門は旦那のことを恐れているんですよ。怖くてならないんだ。だからわざわざあんな人けのない寺に、興吉を使っておびき出したんですよ」

「ああ、そういうことかい」

「あっしらの死骸はあの寺のどこかに埋めてしまえば、見つかりようがありやせんからね」

ぶるる、と富士太郎の全身を震えが走った。

「珠吉、あの四人の浪人がほどほどの腕でよかったねえ。もっと強かったら、おいらたちはもうこの世にいなかったよ」

「そんなことはありやせん」

　自信たっぷりに珠吉がかぶりを振る。

「どんなに相手が強かろうと、樺山富士太郎が殺られるはず、ありゃしやせんぜ」

「仮に相手が直之進さんでもかい」

「そりゃそうですよ。いざとなったら、湯瀬直之進でも倉田佐之助でも平川琢ノ介でも、旦那は倒しやすぜ」

「琢ノ介さんなら、なんとかなるような気がしないでもないけどね」

　それを聞いて、珠吉がくすりと笑う。

「こういっちゃなんですが、米田屋さんなら、いざとならなくても、旦那は勝てるかもしれやせんね」

「そんなことはないさ。琢ノ介さん、すごくしぶとい剣を遣うそうだからね。おいらはかなわないよ」

　冗談はここまでで、真剣な顔つきになった富士太郎と珠吉はしばしのあいだ話し込んだ。

珠吉の長屋をあとにした富士太郎は大門に向かった。

興吉が待っていた。おはよう、おはようございます、と朝の挨拶をかわす。

「珠吉なんだけど、今日もまだ腰が治らないんだ。興吉、今日もよろしく頼むよ」

「はい、こちらこそよろしくお願いします」

「今日は、ちと岡右衛門の探索から離れるよ」

「えっ、そうなんですか。いったいどういうことですか」

意外そうな顔で、興吉がきいてくる。

「梁渡《はりわた》りの且之助《かつのすけ》の探索に励むのさ」

「梁渡りの且之助ですか。それは何者ですか」

「悪名高い盗人だよ」

「えっ、そうなのですか」

「そうさ。岡右衛門なんて且之助に比べたら、ただの下《した》っ端《ぱ》さ」

「下っ端……」

「小者だよ」

「梁渡りの且之助というのは、そんなにすごい盗人なのですか。あっしは初耳なんですけど」

「それも無理はないね。ここ十年ばかり、梁渡りの且之助は上方《かみがた》のほうに行きっぱなしだったようだから」

「それが江戸に戻ってきたってことですか」

「そうだよ。こちらが忘れた頃に江戸にやってきて、荒稼ぎをしてまた上方に戻っていくんだよ。こいつは大捕物になるよ」

「どうして梁渡りの且之助が江戸に来たのがわかったんですか」

「大坂の町奉行所からつなぎがあったんだよ。どうやら江戸に向かったらしいってね。江戸と大坂、互いに連携して希代の大泥棒を引っ捕らえることになったのさ。こちらも手ぐすね引いて、待ち構えているんだよ」

「じゃあ、もう梁渡りの且之助の居場所はわかっているんですか」

「いや、まだわかってはいないよ。でも、だいたいの見当はついた。どうやら、おいらの縄張内というのはまちがいなさそうだよ。おいらたちはもちろん、他の者たちも調べ回ることになるよ。きっと今夜にでも隠れ家は判明するさ。そこを急襲するんだよ。何度もいうようだけど、大捕物だよ。興吉、腕が鳴るね」

「まったくです。しかし樺山の旦那、本当に今夜、隠れ家はわかるんですかい」

「わかるさ。わからないはずがないよ」

自信満々の顔で富士太郎は答えた。

「ああ、そうだ。文助に張り込んでいる連中に大捕物のことを知らせないとね。あの連中の力も必要だからね。よし、興吉、とりあえず文助に行くよ」

へい、と答えて興吉が富士太郎の後ろをついてくる。

伝通院前白壁町に入った富士太郎と興吉は、蕎麦屋の文助の二階に上がった。

高久屋を見張っているのはいま四人である。いずれも町奉行所の小者だ。

「あっ、これは樺山の旦那」

四人が一斉に頭を下げる。

「いや、そんなにかしこまらずともいいよ」

顔を上げて四人が富士太郎をしげしげと見る。なにかあったからこそ、富士太郎がやってきたことがわかっているのだ。

「今日、ここは夕方までにするよ。七つ半になったら全員、引き上げておくれ」

「えっ、樺山の旦那、そんなことをして大丈夫ですかい」

古株の小者である利八《りはち》が驚いたようにきく。

「うん、いいよ。目を離すのは今夜だけだけどね」

「どうして今夜、目を離してもかまわねえんですかい」

うん、とうなずいて富士太郎は説明した。

「えっ、梁渡りの且之助を引っ捕らえるんですかい」

利八が喜びに目を輝かせる。

「そいつは大捕物になりそうですね」

「そりゃ、すごいものになるよ。今夜、高久屋から目を離したところで、どうってことはないだろう」

「さいですね。梁渡りの且之助は、岡右衛門とは比べものにならないほどの大物ですからねえ」

「鯛と鯖《さば》ほどのちがいがあるよ。月とすっぽんでもいいか。どちらを選べっていわれたら、考えるまでもないものね」

「そういうこってすね」

富士太郎は深くうなずいてみせた。きらりと目を光らせ、利八が顎を引く。

「ところで、高久屋の様子はどうだい」

「いつもと変わりませんや。まったく静かなもんです。ときおり客が来るくらいで、暇な店ですね。この分では、岡右衛門たちは今夜も動かないでしょう」

「うん、そうだろうね」

　富士太郎は同意してみせた。

「岡右衛門のことだ、今夜、ここがもぬけの殻になっていることも気づかずに寝ちまうだろう」

「おっしゃる通りで」

　富士太郎たちは笑い合った。部屋の隅にいる興吉も笑ったが、どこか笑みがかたい。

「あの、厠に行ってきていいですか」

　体を縮ませて興吉が申し出る。

「もちろんだよ。場所は知っているね」

「はい」

　富士太郎に一礼して、興吉が階下に降りていった。

　富士太郎は利八たちを、思わせぶりな目で見た。利八たちがにやりと笑う。利八たちは、ひと足早く駆けつけた珠吉から興吉の話を聞いていたのだ。

　なかなか戻ってこなかった興吉が再び姿を見せたのは、四半刻ほどたってからだった。

「ずいぶん長かったね」

戻ってきた興吉に富士太郎は笑いかけた。

「すみません、ちょっとくだしていまして」

「えっ、大丈夫かい」

驚きを顔に刻んで富士太郎はたずねた。

「だったら、今夜の捕物は休むかい」

「いえ、大丈夫です」

血相を変えて興吉が大きくかぶりを振る。

「是非やらせてください」

真剣な目を据えて、富士太郎は興吉にただした。

「本当に大丈夫なんだね」

「もちろんです」

きっぱり興吉が答え、富士太郎をよく光る目で見つめ返した。

顔を上げた。

「七つの鐘が鳴ってもう半刻たったね」

畳の上に座り込んだまま、富士太郎は興吉にきいた。

「ええ、たったと思います」

「興吉、腹の具合はどうだい。あれから一度も厠に行かないけど」

「はい、もうすっかり大丈夫です」

それならいいね、と富士太郎は顔をほころばせた。

「利八、高久屋の様子はどうだい」

窓際に陣取り、鋭い目を向かいに投げている小者に富士太郎はたずねた。

「なにも変わりありません。静かなままです」

「よし、ここを出るよ」

手を上げて富士太郎は興吉や利八たちに命じた。静かに階段を下り、文助のあるじにそっと耳打ちする。

「おいらたちがまだ二階にいるかのような顔をしていておくれよ」

「はあ、承知いたしました」

竹串のようにほっそりとしたあるじが、辞儀する。

「よし、行くよ」

裏口から文助を出た富士太郎たちは急ぎ足で南町奉行所へ向かった。

町奉行所に着くと、大門脇に口を開けている出入口から同心詰所に入った。

「おう、富士太郎、戻ってきたか」

先輩同心の曲《まがり》淵《ぶち》献《けん》太《だ》夫《ゆう》から声をかけられた。献太夫はすでに捕物装《しょう》束《ぞく》に身を固めている。

「富士太郎も着替えろ」

「はい」

詰所の中は同心だけでなく、大勢の者がいる。小者や中間も少なくない。興吉は初めて同心詰所に入ったのか、きょろきょろとあたりを見回している。

場数を踏んでいる富士太郎は手慣れたものである。

鎖《くさり》籠《ご》手《て》をつけ、鎖《くさり》帷《かた》子《びら》をまとい、白《しろ》襷《だすき》をかけ、鎖が入った木綿の白帯に捕物十手を差す。紺色の足《た》袋《び》に草《わ》鞋《らじ》を履き、最後に鉢《はち》巻《まき》を二重に巻いた。

「興吉も早く支度しな」

「は、はい」

あわてて興吉が支度をし出す。着物の裾をからげ、襷がけをし、最後に鉢巻をする。鉢巻の結び目が横を向いている。

「鉢巻は向こうに巻くんだ」

「向こうといいますと」

「知らないかい。向こうとは、結び目が額の真ん中に来るようにすることだ。こうすれば、なにかで打たれたとき、少しは打撃を弱めることができるだろう」

「ああ、なるほど」

興吉が鉢巻を締め直しているところに、献太夫がやってきた。富士太郎や興吉、利八たちを穏やかな目で見やる。

「よし、みんな、支度はできているな。しばらくここで待機だそうだ」

「まだ梁渡りの且之助の隠れ家が、知れぬということですか」

顔を上げ、富士太郎はきいた。そうだ、と献太夫が答える。

「だが、すでにかなり探索は進んでいるようだ。すぐに知らせは入ろう」

詰所の中には行灯がいくつかともされている。あまり広いとはいえない詰所は、大勢の男の人いきれで、暑いくらいになっている。

珠吉は今どうしているのだろうね、と富士太郎は思った。手はず通りに動いたかな。

動いていないわけがないよ。珠吉は手練《てだれ》なんだよ。

そこに握り飯の差し入れがあった。おびただしい量の握り飯である。

「助かった」

「待っていたぜ」

口々にいって男たちが握り飯にかぶりつき、ほおばる。富士太郎も手にした。空腹だったから、塩の利いた握り飯が実にうまく感じられた。そういえば、今夜が捕物だって智ちゃんに知らせるのを忘れちまったねえ。帰りが遅いと、智ちゃん、心配するだろうね。大丈夫だよ、必ず無事に帰るからさ。待っててておくれ。

握り飯はあっという間に食べ尽くされ、詰所の中は静けさが戻ってきた。ほとんど私語はない。全員が床や畳の上に座り込んでいる。

目を閉じている者、煙草《たばこ》を吸いつけている者、矢立《やたて》を取り出してなにか書きつけている者、天井を見つめている者、ひげを引っ張っている者。

それぞれが思い思いのやり方で、時をやり過ごそうとしている。


一刻後、同心詰所に小者が駆け込んできた。

「わかりやした」

紅潮した顔の小者が声を上げる。おう、と一斉に捕物装束に身を固めた男たちが立ち上がった。

「どこだ」

献太夫が声を上げる。

「小石川大塚仲町《おおつかなかまち》です」

「隠れ家に一味はそろったのか」

「いえ、まだです。全部で八人といわれていますが、まだほとんど来ていないようです。三々五々集まってくるはずです」

「梁渡りの且之助は」

「まだ来ていないようです」

「与力の荒俣さまには知らせたのか」

「はい、お知らせしました。じき命が下るものと思われます」

小者が言い終わるのとほぼ同時に、与力づきの中間が入ってきた。詰所にいるすべての者に聞こえる声で告げた。

「まだ一味はそろいませんが、隠れ家の近くで待機することに決まりました」

よし行くぞ、と富士太郎たちは勇んで詰所を出た。すでに、重い闇が江戸の町を覆い尽くしている。

大提灯が下げられた大門の内側に騎馬があった。与力の荒俣土岐之助は馬上の人になっている。轡《くつわ》持ちと槍《やり》持ちがついていた。

土岐之助は打裂羽織《ぶっさきばおり》を身につけ、野袴《のばかま》をはき、陣笠《じんがさ》をかぶっている。その姿は、なかなかさまになっている。頼もしい限りだ。

捕手《とりて》は総勢で二十人。

「樺山の旦那」

小声で興吉が呼びかけてきた。

「深渡りの且之助一味を捕らえるには、人数が少なくないですか」

「北町奉行所からも助手《すけて》が出ることになっているんだよ。向こうのほうがこちらより人数は多いだろうね」

「ああ、そうなんですかい」

「深渡りの且之助は、北町が主に追っていた盗賊だからね。それも当たり前さ」

そのとき馬上で土岐之助が采配を振り上げたのが見えた。

「いざ！」

厳かな声で命を発し、土岐之助がさっと采を振り下ろした。

おう、と声を発して富士太郎たちは大門から足音も高く走り出した。

富士太郎の後ろの興吉は捕物提灯を手にしている。すでに火は入っている。

興吉の顔は明らかに上気していた。

どこからか風鈴《ふうりん》の音が聞こえてきている。

ずいぶんもの悲しい響きだ。

あれは、と富士太郎は耳を澄ませた。夜鳴き蕎麦の屋台のものだろう。夜鳴き蕎麦屋は屋台に風鈴をぶら下げている。

道の先に井幡屋という看板が見えている。

富士太郎たちは今、人けのまったくない狭い路地に入り込んでいる。

「ここはどこですか」

声をひそめて興吉がきく。

「少なくとも大塚仲町ではないね」

声を殺して富士太郎は答えた。

「ここは岩戸町《いわとちょう》二丁目だ」

横から献太夫が教えてくれた。すぐに富士太郎はきいた。

「どうしてこんなところに来たのでしょう」

「どうも隠れ家が変わったようだな。そういう知らせが荒俣さまのところに入ったようだ」

「しかし、大塚仲町と岩戸町では、ずいぶんとちがいますね」

「まったくだ」

息をつき、富士太郎は興吉を見た。

興吉の顔から固さは取れてきている。

七

明かりの下で、文を広げた。

興吉から届いた文である。岡右衛門はもう一度、読み返してみた。

「梁渡りの且之助——。知らねえな。おまえたちはどうだ」

「知りやせん」

「聞いたこともありませんぜ」

そうなのだ。配下でも知っている者はいないのである。

「気に入らねえ」

ふむ、と岡右衛門はうなった。ろうそくの炎で興吉の文を焼いた。

「ちと様子を見てみることにしよう。それでやれそうだったら、盗みに入る」

「どうするんですかい」

配下の一人がきく。

「この前と同じだ。満浪途に行く」

「なるほど、まずはつける者があるかどうか確かめるんですね」

「ああ、罠かもしれねえからな」

岡右衛門は、配下の二人を連れて高久屋を出た。出がけに、文助の二階にちらりと目をやる。

「確かに感じねえ」

このところ、常にあそこから見下ろしていた目はきれいに消えている。しかも、あたりに剣呑な気配はない。

——監視されてはいねえ。

そのことを岡右衛門は確信した。

体が伸びやかになる。この感じはいつ以来か。

配下の一人が提灯をともす。岡右衛門たちは東島屋に近い満浪途に向かった。

背後の気配をずっと嗅ぎ続けていたが、つけてきている者はいない。やはり興吉のもたらした知らせは本物なのか。

だが、まだ釈然としない。心がすっきりと晴れないというのか。あまりにうまくいきすぎると、逆に警戒したくなるものだ。

満浪途の暖簾を払い、戸を横に引いた。だしの香りが岡右衛門の鼻先を漂い、食い気をそそる。

「いらっしゃいませ」

女中が小走りに寄ってきた。

「予約をしていないが、入れるか」

「はい、大丈夫でございます」

にこりと岡右衛門が笑うと、女中が控えめに笑い返してきた。

「こちらにどうぞ」

女中の案内で、岡右衛門たちは二階座敷に落ち着いた。

「酒と料理を適当に持ってきてくれ」

「承知いたしました」

おひねりを渡すと、女中が華やいだ笑顔になった。失礼します、と頭を下げて階下に降りていった。

「酒はほどほどにしておけ」

厳しい口調で岡右衛門は命じ、二人の配下にたずねた。

「どうだった。あとをつけてきている者はいないようだったが」

「あっしもそう思います」

「だったら、まちがいなくつけてきている者はいないということだな」

岡右衛門たちは満浪途で一刻ほど、ときをやり過ごした。酒はほとんど飲まなかった。ただし、料理はたらふく食べた。さすがに満浪途の魚はよそとはひと味ちがう。食べたあとの満足感が他の店とあまりに異なる。

勘定を支払って岡右衛門たちは満浪途を出た。酔い覚ましではなく、監視の目がついていないか、確かめるために提灯をともして、ぶらぶらと歩いた。

やはり目は感じない。

本当に俺たちから町奉行所の者たちは離れていったのだな。――梁渡りの且之助か。知らねえ男だが、感謝するしかねえな。

「やるか」

岡右衛門は二人の配下に諮《はか》った。

「やりやしょう。絶好の機会ですぜ」

「こんな晩、次はいつあるかわかりやせんぜ」

「確かにな。今夜を逃したらいけねえってことだ。そろそろ大金がほしいからな。この仕事が終わったら、またしばらく遊んで暮らせるぜ」

腹に力を入れ、岡右衛門は決意した。

「よし、やるぞ」

「東島屋ですかい」

配下が声をひそめてきいてきた。

「そうだ。よし、行くぞ」

提灯を吹き消し、まずは満浪途そばの神社の境内に足を踏み入れる。ちっぽけな社殿が建っている。

社殿の扉を開け、岡右衛門たちは中に足を踏み入れた。

低い天井が頭上に広がっている。天井裏に手を伸ばすと、布包みに指が触れた。岡右衛門はそれをつかみ出した。

包みの中には、忍び装束が入っている。

身なりを変えて、岡右衛門たちは社《やしろ》の外に出た。

東島屋のある小石川御箪笥町に向かおうとして、岡右衛門は足を止めた。東島屋のあるほうに重たげな気が漂っているような気がする。あれはなんなのか。自分にとって邪悪なものにちがいあるまい。

「どうかしやしたか」

不審げに配下がきいてくる。なにも答えずにくるりときびすを返すや、岡右衛門は道を南に取った。

「東島屋をやるんじゃないんですかい」

道の端を歩きつつ、後ろから配下が問うてきた。

「その気だったが、なんとなくいやな気がする。井幡屋を襲う」

東島屋と同じ米問屋である。

「わかりました」

「井幡屋は岩戸町二丁目でしたね」

「そうだ。あの米問屋をやる」

濃い闇の中、岡右衛門たちは足を速めた。

黒々とした邪悪な気は、岩戸町二丁目に来ても消えない。

これはいったいどうしたことだ。

いやな気が兆《きざ》している。——やめるか。

だが、ここまで来て、大金をあきらめるのはあまりにもったいない。

それでもしばらくのあいだ岡右衛門は逡巡していた。

いま何刻だろう。四つはとうに過ぎている。九つ近いだろうか。

と思ったら、時の鐘が聞こえてきた。九つだ。鐘の音に後押しされるように、
岡右衛門の中で気持ちが盛り上がってきた。

よし、やろう。

「行くぞ」

路地からするりと抜け出て、岡右衛門たちは井幡屋の建物の裏に向かった。

井幡屋の裏の塀は、ほかのところに比べて少しだけ低くできているのだ。

配下が塀に手をつき、前かがみになる。勢いをつけて走った岡右衛門は、配下の背中を蹴って塀の上に立った。手を伸ばして二人の配下を塀の上に持ち上げる。岡右衛門たちはさっと敷地に降りた。物音は一切、立てない。

中庭に忍び入り、左手に建つ金蔵の前に来た。さすがに胸が高鳴る。

いやな気配は感じなくなっている。

「よし、やれ」

配下が進み出て、金蔵の錠前に特製の鍵を差し込む。しばらくかちゃかちゃと小さな音を立てていたが、やがて、がちん、と重い音が岡右衛門の耳を打った。

「開きやしたぜ」

意外なほどたやすく破ることができた。ここの錠前も青葉屋の特別あつらえであるが、やはり事前に錠前をばらばらにして、造りを見極めた甲斐があったというものだ。

土扉を静かに開ける。

内扉には錠前はなかった。岡右衛門はそれを横に引いた。

目の前にいくつもの千両箱が見えている。

やった。ついにこのときがきた。

三人で三千両。運ぶのはこれが精一杯だ。

もともと欲はかかないと決めている。それが命取りになることを知っているからだ。

中に入ろうとして、岡右衛門はぎくりとした。目の前に人影があったからだ。

うおっ。岡右衛門は叫び声を上げた。人影は町方同心のように見えた。

やはり罠だったのか。

「おいらは南町奉行所同心樺山富士太郎だよ」

同心が朗々と名乗りを上げた。

樺山だと。岡右衛門は思い出した。前に空振りを食らわした同心ではないか。

「くそっ」

懐に手を突っ込み、岡右衛門は匕首《あいくち》を取り出した。

「無駄な真似はやめな」

樺山が長脇差を振り下ろしてきた。よけようとしたが、意外なほど鋭く、岡右衛門はかわすことができなかった。

びしっ、と音が立ち、岡右衛門は左肩に強烈な痛みを感じた。痛みが全身に一気に広がる。膝から力が抜け、がくりと体が前のめりになった。

配下の二人は、すでに観念していた。どこからあらわれたのか、二十人ほどの捕手に囲まれていたからだ。

岡右衛門は体に縛《いまし》めをされた。きつい縄のせいでもあるまいが、肩の痛みが少し気にならなくなった。

「どうしてここがわかった」

樺山という同心に岡右衛門はきいた。

身動きのできない岡右衛門を見据えて、富士太郎は告げた。

「青葉屋だよ。青葉屋で特別にあつらえた錠前を、ここも使っているからね。もしおまえたちが今夜、東島屋に向かわないとしたら、ここに来ると踏んでいたのさ。ここは東島屋と同じくらい狙いやすい店だからね。内庭に金蔵があってね」

本当は、と富士太郎は思った。東島屋と同じくらい阿漕で評判の悪い米問屋といいたかった。

だが、店の者たちが家の中で耳をそばだてているはずだ。さすがにそんなことは、口にはできなかった。

「おいらにとっては賭けだったけど、おまえさんはやっぱり来てくれたね」

富士太郎はちらりと横に目を投げた。そっと手招く。

「興吉、ちょっとおいで」

「は、はい」

おずおずという感じで興吉が富士太郎のそばにやってきた。

「興吉、おまえ、この岡右衛門という男を知っているね」

富士太郎は決めつけるようにいった。

「えっ、いえ、知りませんが」

とんでもない、というように興吉がかぶりを振る。

「なに、興吉、とぼけることなんかないんだよ。おまえが岡右衛門の仲間というのはわかっているんだ。おまえ、蕎麦屋の文助で厠に行ったとき、岡右衛門に文を書いただろう。その筆跡を調べれば、おまえが岡右衛門の一味だということは、はっきりするよ。それがなによりの証拠さ」

「でも、あの文は焼き捨てた……」

「この馬鹿がっ」

顔をゆがめて岡右衛門が怒鳴る。

「あっ」

失言に気づき、興吉がしまったという顔になった。だが、もう口を出た言葉は取り消しようがない。

覆水盆《ふくすいぼん》に返らず、か。

ふふ、と富士太郎は笑った。

「語るに落ちる、ってやつだね」

力が抜けたように興吉が地面にどすんと座り込んだ。

「おい、樺山の旦那よう」

平静な声で岡右衛門が語りかけてきた。

「もし俺たちが東島屋に行っていたら、どうしていた」

「おいらたちがその場合に備えていないと思うかい。東島屋にも人は割いてあったさ。おまえがどちらを選ぼうと、運命に変わりはなかったんだよ」

ここまで来たら、と富士太郎は思った。あとは岡右衛門に八十吉殺しを白状させるだけだね。でも、そうはたやすくいかないかもしれないね。

けれど、岡右衛門の配下が狙い目かもしれないね。うまく導いてやれば、助かりたい一心で、頭領の悪事を吐くんじゃないかな。

第四章

一

壁を見つめる。

そこに古笹屋民之助の顔を映し込んだ。

――あの野郎。

ぎろりと目を光らせて隅三はにらみつけた。

――決して許さねえ。

二十一年前のことだ。隅三の母親と弟、妹が同じ病にかかった。ひたすら吐《と》逆《ぎゃく》を繰り返すのである。

吐逆は食中《しょくあた》りでなることが多いが、同じ物を食べていたにもかかわらず、隅三には吐逆がなかった。一人、ぴんぴんしていた。

五日のあいだ医者を何人も替えて母や弟妹を診《み》せ続けたが、吐逆を治せる者は一人もいなかった。

治すどころか、どういう理由で吐逆するのかと首をひねるか、安静にしていればいずれ治るであろうという医者しかいなかった。

医者は当てにならねえ。原因なんかもどうでもいい。とにかく、この病をよくする薬があればいいんだ。

そう考えた隅三は、吐逆に効く薬を探しはじめた。

三日後、古笹屋という本郷にある薬種問屋のことを耳にした。古笹屋がつくり上げた新しい薬で、十味《とおみ》腸《ちょう》承《じょうき》気湯《とう》という薬があり、吐逆にすばらしい効き目をあらわすというのだ。

だが、聞く限りでは値がひじょうに張った。なにしろ五日分で一分というのだ。隅三はそれを三人分、購《あがな》わなければならない。

とてもではないが、日傭取《ひようと》りの人足に過ぎない隅三に手が出る代物ではない。

貧乏人は病になるな、なったら治すなってことかい。胸くそが悪くなった。

しかし、腹を立てているだけでは、なんの解決にもならない。苦しんでやせ衰えてゆく母や弟妹の姿を見ていると、いても立ってもいられなくなった。無理を承知で、隅三は古笹屋へ向かった。

敷居は高かったが、思い切って暖簾を払うと、穏やかな顔つきの男が愛想よく出てきた。店主の民之助だった。

隅三から事情をよくよく聞いた民之助は、十味腸承気湯を格安でお分けいたしましょう、と温和な笑みとともにいった。

信じられない厚意だったが、格安というのがどのくらいのことをいうのか、隅三は気にかかった。薬種問屋のあるじと日傭取りの人足では、金銭に対する価値や使い方がまったく異なるはずなのだ。

五日分で二百文というところでいかがでしょう、と民之助は気軽い調子で告げた。しかも、それは三人分の値とのことだった。これでもまだ高かったが、手が出ないというほどではない。

――これならなんとかなる。

隅三は、闇の中に一条の光明《こうみよう》が差すのを感じた。貯えなどほとんどなく、必死に人足仕事をこなして、三日後にきっちりと二百文を用意した。

よくがんばりなさった。ほめたたえて、民之助は本当に二百文で十味腸承気湯を売ってくれたのだ。

薬の包みを手にした隅三はその重みを感じて涙が出た。民之助には感謝しかなかった。

一目散に長屋に帰り、十味腸承気湯を母や弟妹に飲ませたところ、三人とも体が楽になり、その上、食欲が出てきた。

十味腸承気湯の服用をはじめて二日後には、母親たちはしっかりとした食事をとれるようになった。すっかりこけていた三人の頬がややふっくらしてきたのが、隅三にはわかった。

十味腸承気湯は確実に効いている。隅三は天にも昇る気持ちだった。

母と弟妹たちの様子を喜び勇んで知らせると、笑顔になった民之助は、皆さんの吐逆が完治するまでこの値段でいいですよ、といってくれた。

食うものもろくに食わずに日傭取りの人足仕事をこなしていた隅三は、ある日の夕刻、帰り道で一人の男とばったりと会った。以前、同じ医者の診療所で顔を合わせたことのある男だった。隅三が十味腸承気湯を古笹屋に分けてもらいはじめてから、すでに十日ばかりがたっていた。

男は、女房が吐逆で苦しんでいる、と診療所で会ったときにいっていた。十味腸承気湯のことを隅三が告げると、自分にも分けてほしい、と男が懇願した。

だったら古笹屋に行って頼んでみようと隅三は提案したが、男は首を横に振った。古笹屋とは前に諍《いさか》いになったことがあり、行きたくないというのだ。

大金で購った肝の臓の薬がまったく効かず、怒鳴り込んだことがあるとのことだ。そのときに民之助と激しく言い争うことになったらしい。

あの民之助さんでも言い争いをするのか、とその話を聞いて隅三は意外な感にとらわれた。

ならば、と古笹屋から分けてもらっているよりも若干高い値段で、隅三はその男に十味腸承気湯を売ってやった。少しでも苦しい暮らしぶりが楽になればと思ってのことで、十味腸承気湯で大儲けしようと考えたわけではない。

三日分の十味腸承気湯を手にして、男は感謝しきりだった。

その後も隅三はその男に十味腸承気湯を売ってあげていた。そうこうしているうちに、それが民之助に知れた。男に売る分だけ十味腸承気湯の量が増え、そのことを指摘されたのだ。

どういうことなのか、隅三は正直に話した。

無断で他人に分けるなど言語道断。隅三さんだから信用して安くしてあげたのに。民之助は烈火のごとく怒り、もう二度と薬を売ることはできません、と隅三に宣した。

隅三は、必死に謝った。十味腸承気湯がないとみんな死んでしまいます。後生ですから売らないなんていわないでください。どうか、お願いします。

だが、どんなに謝っても、民之助は肯《がえ》んじなかった。冷酷さを感じさせる目で、隅三を見ているだけだった。

十味腸承気湯が切れると、完治していなかった母親や弟、妹はみるみるうちに衰弱していった。十味腸承気湯を売ってください、と古笹屋に足を運んだ隅三は民之助に懇願したが、手に入れることはできなかった。

正価ならいいですよ、と民之助に冷たくいわれた。しかし、五日分で一人一分という値段では、隅三に手が出るはずもなかった。所詮は薬九層倍、暴利を貪るような値付けをしているのだ。

なんとしても薬代を稼ごうとして、隅三は掏摸の道に入った。だが、すぐさま町奉行所の手の者に捕まって、牢屋に送り込まれた。

母親や弟、妹は、隅三が牢にいるあいだに次々に死んでいったのだ。

以来、隅三は民之助に対して復讐の思いを抱いている。結局、あのような理由で見捨てるのなら、格安で薬を分ける真似などしなければよかったのだ。薬の効き目で長く生きた分、母や弟妹は病に苦しむことになったのだ。

――あの野郎は許さねえ。必ず冥土《めいど》に送ってやる。

つと廊下を渡ってくる足音が聞こえ、隅三の思案は中断された。

「――親分」

襖が開き、手下の仁八が顔を見せた。

「来客ですぜ」

うむ、と隅三は顎を引いた。昼下がりという刻限からして、頼んでいた男がやってきたようだ。

「客間にお通ししな」

「承知しました」

「おう、そうだ。良隠たちは帰ってきたか」

「いえ、まだ」

暗い表情で仁八がかぶりを振った。

「そうか」

襖が閉じられ、目を伏せた仁八の顔が消えた。足音が遠ざかってゆく。

良隠どもめ。歯ぎしりしながら立ち上がり、隅三は怒りで震える手で身なりをとのえた。

あいつら、古笹屋殺しにしくじり、ふけやがったな。このままおめおめと戻ったら、俺に殺されると思ったにちがいない。

実際のところ、隅三はしくじったら殺さないまでも折檻《せっかん》するつもりではいた。落とし前はつけなきゃ、配下に示しがつかねえからな。

廊下に出て、隅三は客間に向かった。

客間の襖を横に滑らせ、隅三は腰をかがめてから、きれいに手入れされた畳を踏んだ。

目の前に座っているのは一人の浪人だ。黒々とした瞳が隅三を見上げている。身なりはみすぼらしいが、思いのほか血色がよく、いかにも健やかそうに見える。体軀はほっそりとしているが、芯がしっかりしているというのか、力がみなぎっている感じだ。遣い手という輝きを全身から放っていた。

――ほう、こいつは本物だぜ。

隅三は直感した。この男なら必ずやれるにちがいない。

裾を直して、隅三は浪人の前に正座した。

「お待たせしやした。隅三といいやす」

頭を下げて隅三は名乗った。

「多聞靭負と申す」

朗らかな声で浪人が名を告げた。頰にゆったりとした笑みを浮かべている。殺しをもっぱらにしているにしては、と隅三は思った。ずいぶん明るい男ではないか。殺し屋に対して自分の抱いている予断とはまったくそぐわないが、こういう雰囲気を持つ殺し屋がいても、広い江戸だ、おかしくはないのだろう。

「誰を殺《や》ればよいのかな」

笑みをたたえたまま、靭負がきいてきた。

「古笹屋の用心棒を殺してほしい」

「古笹屋というと——本郷の薬問屋だな」

うむ、と隅三は首を縦に動かした。

「用心棒は古笹屋のあるじ民之助に、腰巾着《こしぎんちゃく》のごとくくっついている。名は倉田佐之助という」

「倉田佐之助……」

眉間《みけん》にしわを寄せ、靭負が厳しい顔つきになる。

「多聞さん、知っているのか」

「一度、会ったことがある」

思いもかけない言葉で、隅三はまなこを大きく見開いた。

「二言三言、言葉をかわしたに過ぎぬ。知り合いでもなんでもない」

靱負の顔色は厳しいままだ。少なくとも、倉田佐之助が相当の腕前であることは知っているのではないか。

「難しい相手だと引き受けてもらえないこともあるのか」

うん、と不思議そうな目を靱負が隅三に向けてきた。

「わしに殺れぬ者はおらぬよ。むろん、引き受けよう」

軽い口調でいって靱負が微笑する。

「それを聞いて安心した」

「倉田佐之助を殺るだけでよいのか」

「それでいい。あるじの民之助は俺が殺るからな」

それを聞いて、興味深げな目を靱負が当ててくる。

「おぬし、どういう手立てで古笹屋を殺るつもりでいるのかな」

「あまり大きな声ではいえねえが」

声を低くして、隅三は頭にある策のあらましを語った。

「ふむ、なかなかおもしろそうではないか」

いかにも楽しげに靭負が笑う。

「多聞さん、いけると思うか」

「いけるはずよ。とにかく、その騒動の最中、わしは倉田佐之助を殺ればよいのだな」

「そういうことだ。あの男さえいなければ、あとはどうにでもなる」

「古笹屋が別邸に来たときに襲うというのは承知した。ときがきたらつなぎはもらえるのだな」

「また、あの紫波田《しばた》という鰻屋に知らせればよいのか」

「そうだ。さすれば、四半刻以内に俺に知らせが届くことになっている」

「わかった」

「では、これでな」

明るい笑いを残して靭負は帰っていった。

それを廊下で見送った隅三は客間に戻り、畳の上にごろりと横になった。

腕枕をし、目を閉じる。気持ちがほっとしている。さっきまで眠っていたのに、また寝てしまいそうだ。殺し屋と相対して、さすがに気疲れしたのだろう。

人をあの世に送ることを生業にしている者は、なにかしら独特な雰囲気を身にまとっている。死者の国から使いがやってきたら、きっとこのようなにおいを漂わせているにちがいない。

死者か、と隅三は思った。母親や弟妹も今は死者の国にいるのだ。

また会うことができるとしたら、この俺があっちへ行ったときだろう。縁起でもねえが、意外にそのときは遅くないのかもしれねえ。

このところ必ず夢枕に母親が立つ。うらみを晴らしておくれ、と母親はいっているような気がしてならない。

民之助への復讐に隅三が本腰を入れることにしたのは、母の思いに応えたいと思ったからだ。

民之助は必ず殺す。そうしなければ、と隅三は再びぎらりと目を光らせた。母親や弟妹は決して成仏《じょうぶつ》できねえ。

二

廊下に人の気配が立った。

剣呑《けんのん》な感じはなく、柔らかな雰囲気を醸し出している。

佐之助は文机の上の本をそっと閉じた。

「古笹屋か」

声をかけてからすっくと立ち上がり、佐之助は襖を開けた。

「倉田さま、おはようございます」

民之助は柔和なほほえみを浮かべている。頭を下げて敷居を越える。佐之助が座ると、向かいに正座した。

「倉田さま、朝餉はいかがでございましたか」

なにか用事があって民之助は来たはずだ。この言葉はただの前置きに過ぎない。

「とても美味だった。特に味噌汁がうまかった。よい味噌を使っているのだな」

佐之助は当たり障りのない返答をした。

「上方よりじかに取り寄せた味噌を使っております」

「江戸では売っておらぬ味噌か」

「さようにございます。その味噌屋はさしたる量をつくっておりませんので、江戸まで回ってまいりません」

「本当にうまい物は江戸へ来ぬと聞くが、どうやらまことのようだな」

「昔はそうだったかもしれませんが、今はだいぶ事情がちがってきていると存じます。――おや、ご本をお読みでしたか」

文机にちらりと目を投げて、民之助がたずねる。

「俺が書物を読むなど意外か」

「とんでもない」

あわてたように民之助が顔の前で手を振る。

「なんとなくではございますが、倉田さまは本がお好きなのではないかと、手前は拝察いたしておりました。――なにをお読みになっていらっしゃるのですか」

「孫子《そんし》だ。家から持ってきた」

「孫子というと、兵法書でございますね」

「兵法書であるのは紛《まぎ》れもない。戦国の頃の武将は競うように愛読したそうだ。だが孫子は、戦《いくさ》を通じて人の心根や性分など、人というのはどういうものか、そういうことを探ろうとしていたのだと、俺は自分なりに解釈している」

「ほう」

「それだけでなく、人が生きてゆく上で有益なことが事細かに記されている」

「それはすばらしい。手前も是非とも読んでみることにいたしましょう」

「ならば、これを貸そう」

佐之助は文机に手を伸ばした。

「いえ、けっこうでございます」

恐縮したように民之助がかぶりを振る。

「倉田さまの大事な本をお借りするわけにはまいりません。手前は本問屋で購うことにいたします。そのほうが、本問屋も喜びましょう」

「うむ、それはそうだろうな」

手を戻し、佐之助は民之助に強い眼差しを注いだ。気圧《けお》されたように民之助が居住まいを正す。

「それで古笹屋、どうかしたのか。今から出かけようとでもいうのか」

はい、と民之助が首肯《しゅこう》する。

「別邸に足を運ぼうと思っております。三日後の接待に使うために、調度などを入れなければなりません。危険かもしれませんが、大きな取引が決まるかどうかの瀬戸際でございます。これまで長い時をかけて、ようやくうつつのものになろうとしている取引を、見事成就《じょうじゅ》させるためには、どうしてもあの別邸での接待が必要なのでございます」

真剣な顔で民之助がいい募る。今度の取引に命を張っているのが知れた。

「おぬしがそこまで力を入れるなど、相手はよほどの大物なのだな」

「公にはできませんが、さるお大名と初めてお取引ができるかどうかの分かれ目なのでございます」

大名か、と佐之助は思った。こうまで民之助が力を入れているということは、かなりの大大名と考えてよいのだろう。儲けも莫大なものになるにちがいない。

「これからのうちの行く末を左右するといっても過言ではございませぬ」

「そうか、それほどのものか」

ならば、民之助が命を賭しても、なんらおかしくはない気がする。

「では倉田さま、今から出かけるということでよろしゅうございますか」

佐之助は、なにかいやな予感がしてならなかった。

「依頼主が出かけるというのを、用心棒が止めるわけにはいかぬ。どんな場所であろうと、どんな場合であろうと、依頼主の命を守り抜くのが用心棒だからな」

「まことに頼もしいお言葉にございます」

刀架から取った刀を腰に差した佐之助は、孫子を懐に入れると民之助とともに部屋を出た。廊下を歩く。

内暖簾を払って民之助が店に出た。

「じゃあ、今から向島に行ってくるからね」

奉公人たちに伝えてから、雪駄を履いた民之助が暖簾を外に払おうとする。

それを制して、先に道に出た佐之助はあたりの様子を探った。低い日が射し込み、通りを明るく照らしている。朝の大気が満ちている中、気持ちよさそうに大勢の者が行きかっている。

どこにもいやな気配はない。こちらを見据えているような眼差しも感じない。

――よし、大丈夫だ。

確信した佐之助は振り向き、民之助に出てくるように手招いた。

「ほう、なかなかいい天気でございますな」

東に道を取った民之助は、はやる気持ちを抑えきれないようで、太陽に向かって足早に歩いてゆく。

後ろについた佐之助は、警戒の目を放ちながら足を進めていった。

この前と同じように白鬚の渡しを使って大川を渡り、佐之助たちは向島に着いた。

涼やかな風が吹き、草木がゆったりと揺れていた。朝もまだ早いというのに大勢の遊山客が、のんびりとした風情で歩いている。

人の群れを次々に追い越して、民之助が別邸に向かう。

別邸の近くまで来たとき、道のかたわらに建つこぢんまりとした地蔵堂のそばに直之進がいることに佐之助は気づいた。

直之進は腕組みをし、あたりの風景にさりげない目を向けている。打ち合わせ通り、素知らぬ顔をし、こちらを見ようとはしない。

佐之助は民之助に目で合図をし、直之進のそばをさっさと歩き去った。

隅三一味が縄張にしている向島に、直之進はこのところ単身で乗り込み、探索をしているのだ。

むろん、そのことを隅三一味に知られるわけにはいかない。直之進は細心の注意を払って、地道に調べを行っているはずなのだ。

なにかつかめただろうか、と佐之助は思った。だが、直之進の顔色からして、探索がさして進んでいるようには思えなかった。

佐之助が直之進に声をかけなかったのは、古笹屋についている用心棒は倉田佐之助一人である、と隅三一味に思わせておいたほうがよいのではないか、と直之進がいったからだ。

古笹屋の別邸には、まちがいなく隅三一味の監視の目がついているはずだ。

別邸の出入口にかけられた錠前を外し、民之助が敷地に足を踏み入れた。

「ああ、やはりここはすばらしいですなあ。気持ちが若返りますよ。吹き渡る風が実に爽快だ」

それについては、佐之助も同感としかいいようがない。

民之助は、近くに待たせておいたらしいなじみの植木屋をすぐさま呼び寄せ、庭木の剪定《せんてい》をはじめさせた。

直後に簞笥屋も姿を見せて、簞笥を運び込んだ。次いでやってきたのは瀬戸物屋で、おびただしい数の皿や食器類を別邸内に持ち込んだ。何組かの布団を荷車に積んで、布団屋もやってきた。

めまぐるしい忙しさに見えたが、たった一人で民之助はくるくると動き回り、楽々と采配している。

佐之助は感嘆せざるを得なかった。実力ある商人の力量をまざまざと見せつけられて、これでは武家の頭が上がらなくなるわけだ、と納得した。

「ああ、倉田さま、日が暮れてきてしまいましたなあ」

疲れなど微塵《みじん》も見せず、むしろ充足した顔つきで民之助は、別邸から見える夕日を眺めている。

「今宵はここに泊まっていきたいのですが、倉田さま、よろしいでしょうか」

もみ手をするように民之助が申し出る。じろりと佐之助はにらみつけた。

「古笹屋、はなからそのつもりではなかったのか」

「申し訳ございません」

いいわけをするでもなく、いたずらっ子のように民之助が笑う。

「どうしても手前、この屋敷に泊まってみたかったのでございます。ちょうど布団も届きましたし。倉田さまも、のんびりできるのではないかと存じますが」

「俺がのんびりするわけにはいかぬ。古笹屋、泊まるのはよいが、食事はどうするのだ。俺はかまわぬが、おぬしは空腹に耐えきれまい」

「大丈夫でございます。近くの料理屋に、仕出しを頼んでありますから」

「ずいぶんと手回しがいいな」

「手前は商人でございますから、このくらいは朝飯前でございますよ」

「うらやましすぎるほどの手際のよさよな。俺にはとても真似できぬ」

「倉田さまには、剣術というすばらしいお力がございますから」

暮れ六つの鐘が鳴った直後、料理屋から仕出しが届いた。

佐之助も馳走になった。

焼魚や煮貝、烏賊《いか》の味噌和え、蔬菜《そさい》の煮付け、湯葉ときのこの天ぷらなど、いかにも贅《ぜい》を尽くした弁当だった。

この世にこんなにうまい弁当があるのか、と佐之助には信じがたかった。相当高価なのだろうな、と思ったが、値をきくのははばかられた。

江戸っ子が特に嫌う、無粋というやつだろう。


か細い虫の鳴き声が聞こえてきた。

梅雨もこれからだというのに、気の早い虫もいたものだ。

「夜も深まってまいりましたな」

座敷に座り込み、庭を飽かずに眺めていた民之助が顔を佐之助に向けてきた。

「手前はそろそろやすむことにいたします」

刻限は夜の五つ半といったところか。

「うむ、それがよかろう」

「倉田さまはどうされます」

「知れたこと。寝ずの番よ。用心棒の仕事とはそういうものだ」

「さようにございますか。では手前は失礼して、横にならせていただきます」

「ゆっくり休んでくれ」

「はい、ありがとうございます」

頭を下げて、民之助が隣の間に引き上げた。

すぐさま襖越しに規則正しい寝息が聞こえてきた。

なんとも寝つきのよい男よな、と佐之助は感心した。昼間の疲れもあるのだろうが、隅三一味に狙われているというのに、これだけ早く眠りに落ちるとは剛胆《ごうたん》でもあるのだろう。

また孫子でも読むか、と佐之助が文机の上に目を向けたとき、行灯の灯が風もないのに揺れた。

むっ。佐之助は刀を引き寄せた。

身じろぎせず、耳を澄ませる。

あたりに怪しい気配はまったく漂っていない。敷地内に侵入してきた者はいないのだ。

今のは風のいたずらか。

軽く佐之助は息をつき、刀を畳にそっと置いた。

今宵、隅三は必ず仕掛けてくる。佐之助には確信がある。それは直之進もわかっているだろう。

こちらの動きは、隅三にすべて知られているはずだ。民之助が今宵、ここに泊まることも隅三はすでに覚っていよう。

いかにも執念深さを感じさせる掏摸の元締が、この機会を逃すはずがない。

いま湯瀬はどうしているのか、と佐之助は思った。近くにいるのはまちがいない。

先ほど行灯の灯を揺らせた風は、湯瀬が敷地内にいるぞと送ってきた合図だったのかもしれぬ。

やつが一緒なら百人力だ。どんな相手が来ようと、負けるはずがない。

これ以上ない頼もしさを、佐之助は覚えている。

——むっ。

別邸内の気配を探ることに集中していた佐之助は目を開けた。

すっくと立ち上がり、刀を腰に差す。かがみ込んで行灯を吹き消した。

部屋が闇に包まれた。

――来たか。

時は九つを過ぎているだろう。

別邸の敷地内には、いつしか殺気が充満していた。この殺気の強さからして、十人ほどの者が忍び込んできているのではあるまいか。

その中で、別格といっていいほどに強い殺気が一つ、感じ取れる。

これは隅三のものか。

別の者だろう、と佐之助は判断した。いくら冷酷といっても、たかが掏摸の元締にこれだけの殺気が放てるはずがない。

おそらく隅三が、この俺を殺るために雇った遣い手に相違あるまい。

もしや、と佐之助は気づいた。胆義の診療所からの帰りに部屋住どもに絡まれたが、あのときあらわれた浪人ではないか。

名は多聞靱負といった。放つ気の感じが、まさにあの男と同じなのだ。

そうか、あの多聞靱負が俺の相手か。

右手は大丈夫か。持ち上げて、佐之助は動かしてみた。

大丈夫だ。今はしっかりと動く。

このところ右腕に異常は感じていない。まだ一度しかかかっていないが、閑好という鍼灸師の腕は本当によいのだろう。胆義が推薦しただけのことはある。

僧侶の形《なり》をした男と戦ったとき、一時おかしくしたが、今は違和感というべきものはない。このままなにごともなくあってほしい。

静かに襖を開けた佐之助は隣の間に行き、民之助の枕元にしゃがみ込んだ。行灯が置いてあるが、火はついていない。

民之助はなにも感じていないらしく、ひたすら熟睡している。いびきはかいておらず、穏やかな寝息を繰り返していた。

このまま眠ってもらっていたほうがよいのではないか、と佐之助は一瞬、思った。そのほうが戦いやすくはないか。

しかし、そういうわけにはいかぬ。

「――古笹屋」

佐之助は民之助の体を静かに揺すった。はっ、として民之助が目を覚ます。目の前の影に気づいてびくりとしたが、すぐにそれが佐之助だとわかったようだ。

「倉田さま、どうかされましたか」

ささやくような声できいてきた。

「来たぞ、隅三一味だ」

「えっ、まことですか」

あわてて民之助が布団の上に起き上がる。

「手前はどうすればよろしいでしょう」

「俺のいう通りに動いてくれ」

「承知いたしました」

声は冷静そのもので、民之助はほとんど動じていない。このあたりは実に肝が据わっている。

さすがに危険を覚悟でこの別邸にやってきただけのことはあるな、と佐之助は感じた。もしや、と気づいて民之助を見つめる。

「おぬし、隅三一味を引きつけるために、わざとこの別邸に来たのではないか」

暗闇の中、民之助が微笑する。

「おっしゃる通りでございます」

あっさりと肯定してみせた。

「隅三に狙われ続けていることに、嫌気が差したのか」

「さようにございます。死ぬときはどんなときでも死にましょう。でしたら、ここで決着をつけてしまえという気持ちでした」

「だが、おぬしに死ぬ気はなかろう」

はい、と民之助が顎を深く引いた。

「それだけ倉田さまを信頼させていただいております。ですから、手前は熟睡できたのでございます」

「よい度胸をしているな。まこと商人にしておくには、もったいないくらいよ」

「手前は商人が最も合っております」

「まさか三日後の接待というのも方便ではなかろうな」

「とんでもない。手前は、三日後の接待に命を懸けております」

「なるほど、接待の前にけりをつけてしまえ、というわけだな」

もし接待当日に隅三一味に襲われたら、取引はその時点でご破算だろう。

つと右手を掲げた佐之助は、手のひらで畳を思い切り叩いた。ばん、と音が立ち、手のひらに吸いついたかのように一枚の畳がめくれ上がった。

右手がしっかり動いたのを目の当たりにして、安堵の息が佐之助の口から漏れる。

佐之助の技を見て、民之助が目をみはっている。めくれ上がった畳を、佐之助は左手で支えた。

「古笹屋、この下に入っておれ」

佐之助は床板をはずすと民之助を床下に押し込んだ。床下の土は乾いており、しばらくひそんでいる分にはなんの不自由もなかろう。

「息を殺して動かずにおれ。ただし、必要なときは床下を伝って逃げろ。そのあたりの呼吸は心得えているな」

「心得ているものと存じます」

よく光る目で民之助が佐之助を見上げている。やはりおびえの色はどこにもない。うむ、とうなずいてから佐之助は床板と畳を元に戻した。

立ち上がって腰高障子を開け、佐之助は濡縁に出た。刀を手に庭を見回す。

深更というにふさわしい夜の壁が厚くそそり立っている中、いくつもの人影が視野に入り込んでいる。闇に漂うかすかな光を集めて、ぬめったような輝きを帯びているのは、やつらが手にしている刀である。

庭にいるのは十人ばかり、すべて浪人のようだ。別邸の裏と表から乗り込み、ここに集結したということか。

——ふむ、あれがそうか。

右端に控えめに立っている男に、佐之助の目は引きつけられた。

案の定、そこにいるのは多聞靱負である。余裕を感じさせる笑みを浮かべて、こちらを見ている。

やはりやつと相まみえることになったか。あのときの予感は正しかったな。

「おう、そちらにおわしたか」

闇の深さにそぐわない明るい声を投げて、靱負がすたすたと佐之助の前にやってきた。

「よし、倉田どの、さっそく立ち合おうではないか」

きらきらとよく光る目をした靱負は、すでに刀を抜いている。やる気が全身に横溢《おういつ》している。戦うことが楽しくてならないようだ。

「よかろう」

佐之助も抜刀した。右手は動く。大丈夫だ。

「おい、手出しするなよ」

顔を横に向けた靱負が、他の九人の浪人に声をかける。

「わしは、これからこちらの倉田どのと存分にやり合うのだからな」

「わかっておる」

不機嫌そうに返した浪人の一人が刀を正眼《せいがん》に構えつつ、佐之助を警戒しながら屋敷内に上がろうとする。今から民之助を捜し出し、討とうというのだ。

すぐには見つかるまい、とは思うものの、さすがに案じられる。古笹屋を一人にするのではなかったか、と佐之助の心に後悔の思いが生じたとき、左手の茂みから闇よりも濃い一つの影が走り出た。

屋敷に上がったばかりの浪人に素早く駆け寄り、前途をさえぎる。まさに瞬時の動きで、佐之助の目はその影をとらえたが、多聞鞨負以外の浪人は、誰一人として認めることができなかったようだ。

敷居を越え、畳の上に足をのせようとしていた浪人が、ぐぇっ、という声を発したことで、ほかの浪人たちはようやく異変を感じ取ったらしい。

腹を打たれた浪人が刀を放り出し、腰を折る。その姿勢のまま三歩、四歩と後ずさる。濡縁から転げ落ちて地面で肩を打ち、次いで頭を沓脱石《くつぬぎいし》にぶつけた。首をねじ曲げる恰好で気絶した。口から泡を吹いている。

そのときにはすでに直之進の姿は闇に溶けている。

なんだ、なんだ、と浪人たちがざわめき、きょろきょろとあたりを見回す。

「湯瀬め、さすがにやるな」

佐之助がつぶやいたときには、直之進はすでに次の標的に向かって突っ込んでいた。

やや小柄な浪人が直之進の袈裟懸けを正面からまともに受け、ぎゃあ、という悲鳴とともにその場に崩れ落ちた。

三人目は背の高い浪人で、逆胴《ぎゃくどう》で腹を痛烈に打たれた。ぐっ、と息の詰まった声を出し、地面に昏倒した。

あと六人。そいつらは湯瀬に任せておけばよいようだ。ということは、と佐之助は思った。俺は多聞靱負に集中できるということだ。

「お仲間か」

直之進の動きを目で追いつつ、靱負がきいてきた。

「そうだ」

「これはまた強いお仲間をお持ちだな。倉田どのに引けを取らぬのではないか」

「臆したか。ならば引き上げるがよい」

「ご冗談を」

靱負の瞳の中を、光芒《こうぼう》が流れていった。

「では、ごめん」

つぶやくようにいって、靭負が突っ込んできた。佐之助が立つ濡縁に跳び上がり、上段から刀を振り下ろしてきた。

すかさず踏み込んだ佐之助はよけるような真似はせず、靭負の胴を斬り裂こうとした。直之進とはちがい、峰打ちでなんとかできる相手ではないのだ。殺すつもりだった。

だが、すぐに佐之助は顔をしかめることになった。右腕がうまく動かなかったのだ。そのために斬撃は伸びを欠いた。

もっとも、右腕がしっかり動いたところで靭負を斬ることはできなかっただろう。体をねじった靭負は、ひらりと佐之助のかたわらに足を着いてみせたからだ。

濡縁に立った靭負が、佐之助を興味深げに見る。刀は正眼に構えている。いかにも自然な構え方をしている。

「倉田どの、やはり右腕が利かぬようだな」

無言で佐之助はにらみ返した。佐之助も刀を正眼に構えている。

「右腕が動かぬからといって、容赦はせぬ。わしはおぬしを殺すことを請け負ったのだから」

腰を低くするやいなや、靱負が刀を胴に払ってきた。佐之助は刀を下げ、それを受け止めようとした。

だが、思った以上に靱負の斬撃が速いことに加え、右腕の動きが悪いことで、佐之助の刀は間に合わなかった。そのことを覚り、すぐさま後ろに下がったものの、ぴっ、と着物を斬られた。

傷は負っていない。そのことにはほっとしたが、着物の腹のところに二寸ほどの裂け目ができた。

それを目の当たりにした佐之助は、千勢のことを思った。着物を見て、きっとため息をつくだろうな。

だが、それも生きて帰ってこそだ。ここで死んだら、千勢やお咲希の悲しみはそれこそ尋常のものではすまなくなる。

佐之助を見下《みくだ》した靱負が調子に乗っているのは明らかで、今度は上段から刀を振り下ろしてきた。

打ち返そうとして佐之助は刀を上げかけたが、すぐにやめた。またも右腕が利かなかったからだ。さっと後ろに跳ぶ。

だが、靱負の刀はぐんと伸びて、佐之助の肩先をかすめた。ぴしっ、となにかが裂けるような音がし、佐之助は痛みを感じた。刀を構えつつ見ると、左肩から血が出ていた。

素早く濡縁を降り、佐之助は刀を構え直した。血はかなり出ているものの、かすり傷でしかない。

靱負の刀法は正統と呼ぶべきもので、外連味《けれんみ》はない。ということは、しっかりとした鍛錬がその背景にあることを意味している。この男は手強い、と佐之助は改めて思った。

だが、負けるものか。左手一本でも勝ってみせる。勝って、千勢とお咲希のもとに帰るのだ。

二天一流はかじったことすらないが、左手のみでも十分にやれることを証してみせる。

この俺が多聞靱負ごときに敗れるはずがない。俺はその程度の男ではない。

やってやるぞ。

闘志の炎をめらめらと燃やし、佐之助は左手のみで刀を振り上げた。

夜陰《やいん》に乗じて恰幅のよい浪人の背後に回り込み、直之進は一撃を食らわせた。どす、と鈍い音がし、浪人が前のめりに倒れる。

むろん、殺しはしない。殺生《せっしょう》は無益なものでしかない。死の恐怖を相手に与えられないから峰打ちは不利だが、それでも十分に戦える相手である。

あと五人。五人ともまだ直之進を目でとらえきれずにいる。左側にいる細身の浪人に素早く近づき、直之進は刀を振った。どん、と音が立ち、横腹を打たれた浪人が、うぅ、とうめいて刀を取り落とした。両膝を地面についた。

あと四人。

ようやく直之進に気づいて、小柄な浪人が気合とともに躍りかかってきた。直之進は深く踏み込み、浪人の胴を抜いた。うあっ、と悲鳴のような声を上げて浪人が地面に倒れ込んだ。

残りは三人。

すでに戦意は感じられず、いずれも及び腰になっているが、倒しておいたほうがいい。金で人を殺しに来たことの、つけを払わせなければならない。

風のように動いて直之進は一人の肩を打ち据え、次の浪人には逆胴を浴びせた。最後の一人は、泡を食って逃げ出そうとしたところを背中に一撃を加えた。

あぎゃあ。だらしない声を発して、浪人が地面にうつぶせに倒れ込んだ。

これで全部だな。直之進はまわりを見渡し、敷地内に侵入してきた者がほかにいないことを確かめた。

あとは佐之助が相手にしている浪人だけだ。あの者だけが別格といってよいほど強い。だが、佐之助が一対一で後れを取るはずがない。あの浪人は佐之助に任せておけばよい。

佐之助と浪人は戦いつつ移動していったのか、直之進の視野には入っていない。強い剣気が母屋の南側のほうから流れてきている。そちらで戦っているのだ。

——古笹屋はどこにいるのか。

隅三の姿も見つからない。すでに敷地内に入り込んでいるはずなのに。

直之進は濡縁から母屋に上がろうとした。

そのとき、ぱちぱち、となにかが弾けるような音が聞こえてきた。直之進はその音のするほうを見つめた。

あっ。

声が口から漏れた。

勝手口と思えるほうから火の手が上がっているのだ。闇の中、幾筋もの灰色の煙が勢いよく上がっている。炎もすでに屋根まで達しており、かなりの火勢になっている。

二千両の建物が——。

民之助は大丈夫だろうか。いくらなんでもすでに屋外に逃げ出しただろう。

だが、もしちがったら。

直之進は座敷に飛び込んだ。

「古笹屋っ」

名を叫びながら民之助を捜した。だが、応《いら》えはない。

まだ座敷のほうへ炎はやってきていない。もくもくとのたうつように煙が流れ込んできている。咳き込みそうになる。

煙を突っ切り、直之進は母屋の裏手のほうに出た。

——いた。裏庭に突っ立ち、民之助は燃える母屋を呆然と眺めていた。

あっ。直之進は目をみはった。

一つの影が民之助に躍りかかっていったからだ。

「古笹屋っ」

叫んで直之進は走った。

あれは隅三だろう。手にしているのは、匕首のようだ。

隅三が、死ねっ、と叫んで匕首を腰だめにして突進する。

かろうじて民之助が隅三をよけた。肝が冷えた。もしあれを民之助が食らっていたら、今頃、命はないだろう。用心棒失格だ。

民之助が隅三の一撃をよけているあいだに直之進は一気に間合をつめた。

「あっ」

今度は隅三が呆然とする番だった。直之進を見て、どうしてここにいるのだ、という顔になったからだ。

「久しぶりだな、小鬼の隅三」

刀を手に直之進は笑いかけた。

「くそう」

匕首を投げつけてきた。ひょいとかわしたところに隅三が突っ込んできた。懐にもう一本の匕首を用意してあったらしい。それを上から振り下ろしてきたが、その前に直之進は無造作に刀を胴に振っていた。

どす、と音が立った。腹を打たれた隅三の足が止まった。だが、隅三は力を振りしぼってなおも前に出ようとする。

――このあたりはさすがだな。小鬼といわれるだけのことはある。

あと一歩踏み出したら、もう一撃を加えようという気で直之進はいたが、その必要はなかった。半歩ばかり進んだところで力尽きたように隅三が地面に倒れ込んだからだ。無念そうに地面を手でかいている。

隅三の手のうちの匕首を直之進は蹴り飛ばした。匕首が消え失せた手を見て隅三が、ああ、と声を漏らした。立ち上がろうともがき、実際に腰が上がった。

「その執念はほめなければならぬな」

隅三に歩み寄り、直之進は手刀を首筋に見舞った。

顎から地面に倒れ込み、今度こそ本当に隅三は気を失った。

「古笹屋、怪我はないか」

「は、はい。大丈夫です」

民之助は、炎と煙を噴き上げる屋敷を、口をぽかんと開けて眺めている。涙を流していた。

――かわいそうに。

だが、直之進にはどうすることもできない。ここに火消しがいてもなすすべはないだろう。

――あとは倉田だが。大丈夫か。

ふだんの倉田佐之助なら、なんの心配もいらない。だが、もし右手が利かなくなっているとしたら――。どこにでもいるただの強い侍と変わりないのではないか。

民之助を害しようとする者が一人としていないことをしっかりと確かめた直之進は、母屋の南側のほうに向かって小走りに急いだ。

剣戟《けんげき》の音が聞こえてきた。そちらに回り込んで見やると、佐之助が浪人者と激しくやり合っていた。

――おおっ。

直之進は目を丸くした。佐之助は相変わらずの強さを発揮しているのだ。

左手一本で刀を振っているのだが、斬撃の切れが相手の浪人とは一段も二段もちがう。浪人も相当の遣い手と見えるのに、攻勢に出ることなど一切できず、一方的に押されている。

浪人は佐之助の斬撃のすさまじさに、対応しきれていない。佐之助が刀を振るごとに傷が一つずつ増えてゆく。炎を噴き出すかのように、佐之助は気迫を全身にみなぎらせている。流れ出た血で着物がぐっしょり濡れている。そのせいで浪人の動きは重さを増している。

枝振りの立派な松の大木に浪人は追い詰められた。

佐之助に見据えられ、浪人は後ろにも左右にも動けなくなっている。こんなはずではなかった、と浪人の顔にくっきりと書いてある。

焦りの色が濃い。どうすればよい。考えた末に浪人が選んだのは、苦し紛れの大技だった。突きを繰り出してきたのだ。

おそらく佐之助がそうするように誘ったに相違ない。

佐之助は軽々とその突きをかわし、浪人の肩先に刀を浴びせた。

ぐむう、という声を残して浪人が横倒しになった。どう、と地響きのような音が立った。

肩先から血が噴き出すかと思ったが、寸前で佐之助は峰に返したのか、浪人の肩先に傷らしいものはない。

さすがよな。直之進には、それしかいいようがない。感嘆の思いを胸に秘めて、佐之助に歩み寄った。

「右手が利かなかったのか」

首を回して直之進を見、佐之助がにやりと笑う。

「ああ、急に利かなくなりおった。往生したぞ。だが、そんなことをいっている場合ではなかったからな。俺は気合で戦った」

「気合か」

「気合こそが、すべてを制す」

近所で半鐘が鳴らされはじめた。

「古笹屋は」

気がかりそうに佐之助がきいた。

「こっちだ」

直之進は佐之助を裏庭に連れていった。

燃え続けて、今にも崩れ落ちそうな母屋を、民之助が声もなく見ている。そばにまだ気を失ったままの隅三が横たわっている。

「思い出しましたよ」

炎に顔を照らされつつ、民之助がぽつりとつぶやいた。

「隅三さんか。十味腸承気湯を格安で……」

ああ、と声を出して、民之助がぼろぼろと涙をこぼした。それからがくりと膝を折り、両腕を地面についた。

両肩が震えはじめた。

やがて嗚咽《おえつ》が聞こえてきた。


夢を見ていた。

母親がじっとこちらを見ている。

すまねえ、と隅三は謝った。おっかさんの仇を討つことはできなかった。

馬鹿、といきなり母親がののしった。誰が仇を討てなんていったんだい。あたしはおまえにまともな道を歩んでほしかっただけだよ。ずっと願っていたのに、ついにこんなことになっちまって。おまえは馬鹿だよ。大馬鹿者だよ。

母親は涙を流している。

はっとして隅三は目を開けた。いつしか自分も涙を流していた。

そ、そうだったのか。おっかさん、すまねえ。

だが、今さら悔いても遅い。どうにもならない。

自分は獄門になるだろう。

あの世でおっかさんに会えるだろうか。

もし会えたら、と隅三は思った。謝り倒すしかねえな。

それで許してもらえるとは思えないが、なにもしないよりはましだろう。

三

明るい日が土間に射し込んでいる。

今日は快晴のようだ。

日本晴れというやつかもしれない。

くんくん、と直之進は自分の体のにおいを嗅いだ。あれから二日たったというのに、まだ焦げ臭さが抜けていない。湯屋にも行ったが、今のところその効き目はない。

「直之進さん、いらっしゃいますか」

米田屋におきくが出かけていって四半刻もたたないとき、開いている障子戸が叩かれ、富士太郎が顔をのぞかせた。

「おう、富士太郎さん」

富士太郎の後ろに珠吉が控えている。

「おはよう、富士太郎さん、珠吉」

「おはようございます」

富士太郎が明るくいい、珠吉が笑顔で頭を下げた。

「こんなに早くすみません」

「なに、早くもないさ。五つ半という頃合だろう。富士太郎さん、珠吉、汚いところだが、上がってくれ」

「汚いだなんてとんでもない。おきくちゃんがお嫁さんに来て以来、この店はまったくの別物になりましたねえ」

富士太郎がしみじみという。

「そんなに汚かったか」

「いえ、そうでもなかったですけど、男の人が一人で暮らすとなると、家はどうしてもくすみがちになりますよ」

「そういうものかもしれぬな。富士太郎さん、珠吉、とにかく上がってくれ」

「では、お言葉に甘えて」

相好《そうごう》を崩した富士太郎が土間で雪駄を脱ぎ、珠吉が続いた。

「おきくが米田屋に行ったので、茶も出せぬ。まあ、出せぬことはないが、俺がいれたのは、あまりうまくない」

「直之進さん、どうぞ、お構いなく」

薄縁の上に正座した富士太郎がいう。珠吉はにこにこしている。

「ところで直之進さん、お伝えするのがだいぶ遅れましたが、八十吉殺しは無事に解決しました」

「おう、それはよかった」

直之進は満面に笑みを浮かべた。

岡右衛門たちを一網打尽《いちもうだじん》にしたいきさつをうれしそうに富士太郎が話し、その後の顚末《てんまつ》も語った。

「ほう、捕らえた岡右衛門の配下がすべてを吐いたのか」

「ええ。助かりたい一心で、八十吉殺しについて白状しました。これで岡右衛門は獄門ですね」

そうだろうな、と直之進は思った。

「富士太郎さんたちは長いこと探していたようだが、八十吉の殺された場所というのはわかったのか」

「ええ、わかりました」

真剣な顔つきの富士太郎がうなずく。

「下戸塚村に、岡右衛門の隠れ家の一つがあったのです。いわゆる盗人宿というものですね。力ずくでかどわかした八十吉をそこに連れ込み、手の指をすべて落として胸を刺したそうです」

むごいことをするものだな、と直之進は思った。人というのは、ときに信じられぬことができるものだ。

「岡右衛門は、八十吉の死骸は隠れ家の裏庭にでも埋めるつもりだったらしいですが、まだ八十吉に息があったことに気づかなかったようなのです。いつの間にか姿を消した八十吉を捜し回ったそうですが、結局見つけられなかったそうです」

捜し回る岡右衛門たちの目を盗んで八十吉は江戸川を下流に向かって泳ぎ、関口水道町のあたりでついに力尽きたということか。

「下戸塚村というと、墨引外だったな」

「ええ、番所の手の及ぶところではないのですが、あれだけ探し回って見つけられなかったのは、やはり悔しくてならないですよ」

富士太郎が無念そうに唇を噛む。

「岡右衛門を捕らえたのだから、富士太郎さん、よしとしようではないか」

「まあ、そうですね。結局は結果がすべてですからね」

気を取り直したように、富士太郎が首を縦に動かした。

「岡右衛門以外の者はどうなる。やはり獄門なのか」

「おそらく岡右衛門の配下は遠島でしょう。八十吉にじかに手を下していないのは、はっきりしていますし、白状したことで罪が一等減じられますからね」

「遠島か。向こうでは厳しい暮らしが待っているそうだな」

「ええ、その通りです」

暗い顔で富士太郎が顎を引く。

「岡右衛門一味に興吉という男がいたのですが、この男が内通者をつとめていました。この興吉も遠島でしょう」

「興吉は、富士太郎さんたちに空振りを食らわせた張本人というわけだな」

「そういうことになります。興吉はそれがしと同い年なのに、この先残りの人生を、生き地獄ともいわれる島で暮らすことになります。いったいどのくらい生きていられるものか」

富士太郎の声は悲しみに沈んでいる。富士太郎が興吉という男に同情を寄せているのが知れた。

「その興吉という男は、富士太郎さんたちに肩透かしを食らわせた以外になにをした」

「いえ、これといって。八十吉殺しにも関わってませんし。もっとも、八十吉の殺害場所と偽って願祐寺という寺にそれがしたちをおびき寄せる片棒はかつぎましたがね。ですが、それがしと珠吉が浪人たちに襲われたとき、それがしを後ろから殺ることもできたんです。でも、興吉はそれをしなかった」

ふむ、と直之進は声を漏らした。

「だったら富士太郎さん、その興吉という男を岡っ引にはできぬのか。岡っ引というのはもともと罪人や悪党を当ててるのだろう」

思いがけない提案だったようだが、富士太郎は目を輝かせている。

「確かに人を殺したわけでもないし」

顎を上げて富士太郎がつぶやく。

「しかし、あの肩透かしの片棒も担いだんだよなあ。——直之進さん、ちょっと考えてみます」

珠吉は深い色をたたえた目で富士太郎を見ている。

「うむ、それがよかろう」

ところで、と富士太郎がいった。

「直之進さんのほうはどうなりました。小鬼の隅三は捕らえたと聞きましたが」

「うむ、すべて解決した。だが、古笹屋はちとかわいそうだった」

「どうかしたのですか」

「聞いておらぬか。手に入れたばかりの別邸を隅三に燃やされてしまった」

「全焼ですか」

「うむ、すべて焼けた。焼けなければ明日、別邸でさる大名の接待を行うつもりでいたらしいが、果たしてどうなるものか」

「きっと大丈夫ですよ。古笹屋のあるじはやり手ですから」

笑顔になった富士太郎が背筋を伸ばした。

「では直之進さん、これで失礼します」

「仕事に戻るか」

「今日は探索仕事はなしですよ。町廻りだけです。うれしいですよ」

「よかったな、富士太郎さん、珠吉」

「ありがとうございます」

丁寧に辞儀をして、富士太郎と珠吉が去っていった。

「ごめん」

富士太郎たちと入れ代わるように、すぐにまた客があった。

「おっ」

我知らず直之進は声を出していた。

「佐賀どの、古笹屋どの」

戸口に立っていたのは、大左衛門と民之助である。当然のことながら、民之助のそばに佐之助の姿はもうない。

「どうされました。ささ、どうぞお上がりください」

二人を中に招き入れる。

物珍しそうにあたりを見回しながら、二人は薄縁に正座した。

「いま女房が出ておりまして、なんのお構いもできませぬ、申し訳ない」

「いえ、かまいませんよ」

大左衛門がゆったりと答える。

「湯瀬さま、おとといはありがとうございました。おかげさまで、手前は命を長らえることができました」

両手をついて民之助が深く頭を下げる。

「いや、礼をいわれるほどの働きはしておらぬ」

直之進の目には、炎を噴き上げる別邸と、その前で呆然としている民之助の姿が焼きついている。

民之助を狙う隅三が火を使って襲ってくるだろうことは、用心棒として見抜かなければならなかったことなのだ。民之助が二千両もの大金をはたいた別邸を守れなかったことに、直之進は忸怩《じくじ》たる思いがある。

「小鬼という二つ名を持つ隅三が別邸に火を放とうとするのは、どんな腕利きのお方をもってしても、防ぎようがなかったでありましょう。燃えてしまったものは致し方ありますまい。あきらめるしかございません」

さばさばとした口調で民之助がいった。

「古笹屋どの、明日の接待はどうなるのだ」

直之進を見て民之助がにこりと笑う。

「それでしたら、佐賀さまのお屋敷をお借りすることになりました。手前が弱っているところを、佐賀さまが助け船をお出しくださったのでございます」

「佐賀どのの屋敷というと、弟御が継いでおられる屋敷のことかな」

「そうではありません。佐賀さまは、江都一の通人でいらっしゃいます。根岸《ねぎし》に立派なお屋敷を構えておられるのでございますよ」

「根岸か。さぞかし瀟洒《しょうしゃ》な造りであろうな」

「母屋《おもや》は豪壮な造りで、見ていてため息が出るほどでございますが、手前は特に庭がすばらしいと思っております」

「庭がな。それほどの屋敷ならば、接待はきっとうまくいくであろう」

「はい、必ずうまくいくものと手前は確信いたしております」

「それはよかった」

笑みを浮かべた直之進は、大左衛門に目を向けた。民之助の付き添いで、ここまで足を運んできたわけではあるまい。なにか用事があってのことに決まっている。

直之進を見返して、大左衛門がうなずいた。

「実は折り入って湯瀬どのに相談がありましてな」

背筋を伸ばして大左衛門がじっと直之進を見る。

「湯瀬どの、そなたはこの先、どのような生計をお考えか。まさか、このまま用心棒稼業を続けていくおつもりか」

「い、いや——。むろん考えてはおりますが……」

そのあとの言葉は続かない。考えているだけで、具体的に挙げられる生計はなにもないのだ。

「実はな、わしにある考えがある。聞いてもらえるかな」

大左衛門の顔を見て、直之進は深くうなずいた。しっかりと聞く姿勢を取る。

大左衛門が語りはじめた。

じっと耳を傾けていた直之進は、大左衛門の慧眼《けいがん》と、思いもしなかった申し出に言葉を失った。

この作品は双葉文庫のために書き下ろされました。

双葉文庫

す-08-29

口入屋用心棒《くちいれやようじんぼう》
九層倍《くそうばい》の怨《うらみ》

2014年10月19日　第1刷発行
2021年7月9日　第3刷発行

【著者】
鈴木英治《すずきえいじ》

【発行者】
箕浦克史

【発行所】
株式会社双葉社
〒162-8540 東京都新宿区東五軒町3番28号
［電話］03-5261-4818(営業)　03-5261-4833(編集)
www.futabasha.co.jp
(双葉社の書籍・コミックが買えます)

【印刷所】
株式会社新藤慶昌堂

【製本所】
株式会社若林製本工場

【表紙・扉絵】南伸坊
【フォーマット・デザイン】日下潤一
【フォーマットデジタル印字】飯塚隆士

ISBN978-4-575-66688-5 C0193
Printed in Japan

鈴木英治

口入屋用心棒8
手向けの花

長編時代小説
〈書き下ろし〉

殺し屋・土崎周蔵の手にかかり斬殺された中西道場一門の無念をはらすため、湯瀬直之進は復讐を誓う……。好評シリーズ第八弾。

鈴木英治

口入屋用心棒9
赤富士の空

長編時代小説
〈書き下ろし〉

人殺しの廉で南町奉行所定廻り同心・樺山富士太郎が捕縛された。直之進と中間の珠吉は事の真相を探ろうと動き出す。好評シリーズ第九弾。

鈴木英治

口入屋用心棒10
雨上《あめあが》りの宮《みや》

長編時代小説
〈書き下ろし〉

死んだ緒加屋増左衛門の素性を確かめるため、探索を開始した湯瀬直之進。次第に明らかになっていく腐米汚職の実態。好評シリーズ第十弾。

鈴木英治

口入屋用心棒11
旅立ちの橘

長編時代小説
〈書き下ろし〉

腐米汚職の黒幕堀田備中守を追詰めようと策を練る直之進は、長く病床に伏していた沼里藩主誠興から使いを受ける。好評シリーズ第十一弾。

鈴木英治

口入屋用心棒12
待伏せの渓《たに》

長編時代小説
〈書き下ろし〉

堀田備中守の魔の手が故郷沼里にのびたことを知り、江戸を旅立った湯瀬直之進。その道中、直之進を狙う罠が……。シリーズ第十二弾。

鈴木英治

口入屋用心棒13
荒南風《あらはえ》の海

長編時代小説
〈書き下ろし〉

腐米汚職の真相を知る島丘伸之丞を捕えた湯瀬直之進は、海路江戸を目指していた。しかし、黒幕堀田備中守が島丘奪還を企み……。

鈴木英治

口入屋用心棒14
乳呑児《ちのみご》の瞳《め》

長編時代小説
〈書き下ろし〉

品川宿で姿を消した米田屋光右衛門の行方をさがすため、界隈で探索を開始した湯瀬直之進。一方、江戸でも同じような事件が続発していた。